cookie 2007 s/s Photo by sono

oasis 2006 s/s Photo by Mie Morimoto

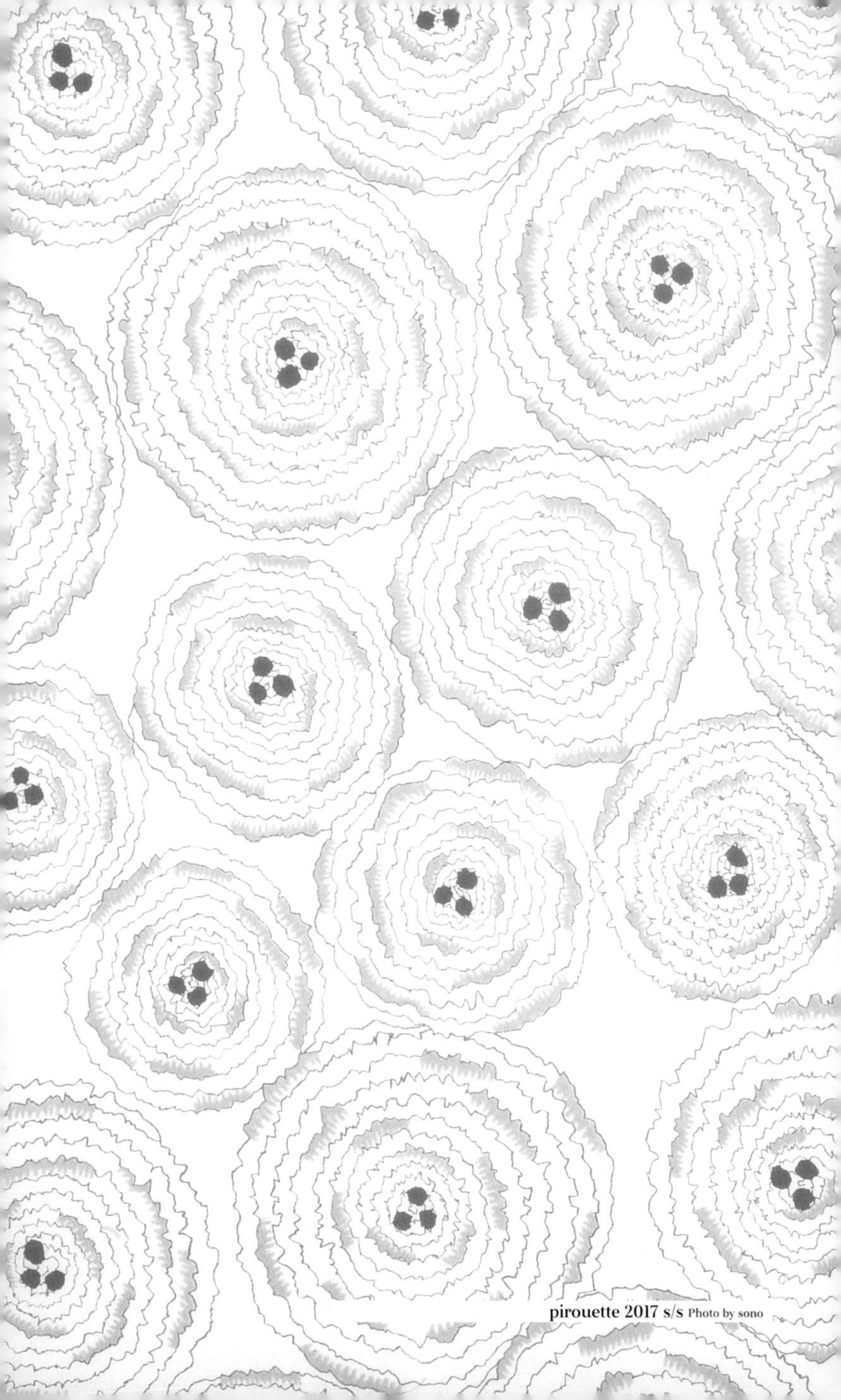
pirouette 2017 s/s Photo by sono

살아가다 일하다 만들다

살아가다 일하다 만들다

미나가와 아키라 지음 • 김지영 옮김

차례

1.

어린 시절

2.

떠나다 여행을

3.

배운다는 것

4.

'미나'의 시작

5.

직영점을 오픈하다

6.

일본에서 옷을 만드는 이유

7.

브랜드를 키우다

8.

좋은 기억을 만드는 일

9.

살아가다 일하다 만들다

1

어린 시절

찰흙 구슬 만들기

내가 어린이집에 다닐 무렵 가장 좋아한 놀이는 찰흙 구슬 만들기였다. 찰흙으로 토끼나 다람쥐를 만들기도 했지만 그중 구슬 만들기를 가장 좋아했다. 손안에서 찰흙 구슬을 굴릴 때 느껴지던 감촉은 지금도 잊을 수 없다.

나는 도쿄의 오타구 니시코지야에 있는 어린이집에 다녔다. 니시코지야는 가마타 주변 지역으로 중심지에서 벗어난 변두리 동네였다. 다마가와강 하구와 하네다공항과도 가까웠다.

어린 나는 그네 위에서 있는 힘껏 몸을 젖혀 너르게 펼쳐진 하늘을 올려다보는 것이 좋았다. 흘러가는 구름을 눈으로 좇기도 하고, 발갛게 물들어가는 노을을 멍하니 바라보기도 했다. 그러는 동안은 내내 시간 가는 줄 몰랐다.

누나가 네 살, 내가 세 살 때 부모님은 이혼을 하셨다. 우리는 아버지를 따라갔기 때문에 아버지와 할아버지, 할머니와 함께 살게 됐다. 그리고 후에 아버지는 재혼을 하셨다.

어린이집에서는 좀처럼 단체생활에 적응하지 못했다. 그렇다고 내성적이거나 소극적인 아이는 아니었다. 운동신경은 나쁘지 않아서 뜀틀이나 달리기는 곧잘 했다. 몸을 움직이는 건 대부분 좋아했다. 그래서인지 남자애들과 싸움이 잦았다. 별 이유도 없는 그런 싸움, 개와 고양이가 앞발로 치고 물어뜯고 뒹굴며 싸우는 모양새와 다름없었다. 어쨌든 지지 않았다. 어린이집 내 사물함에는 친구들과 싸워서 받아낸 장난감 자동차가 점점 쌓여갔다.

어린이집에서 도망치는 일도 많았다. 종종 가까운 공원까지 혼자 걸어가서 놀았다. 상급반이 된 후로는 누나가 다니는 초등학교의 교정까지 먼 길을 걸어가기도 했다. 그러면 어린이집 선생님이 자전거를 타고 와 데려가는 일도 심심찮게 있었다.

선생님에게 그야말로 포획되어 어린이집으로 돌아가면 마침 낮잠 시간, 모두가 이불을 펴고 자고 있었다. 그동안 나는 다른 방에서 서 있는 벌을 받았다. 그래도 내가 문제아 취급이나 특별 대우를 받았다는 느낌은 없다. 아마도 다들 너그럽게 봐준 것이리라.

당시 아이들은 저마다 자기 좋을 대로 행동해도 괜찮았다. 그런 시대였다. 지금이라면 찰흙 구슬 만들기에만 푹 빠져 지내던 내가 어른들에게는 걱정거리였을지도 모른다. 하지만 당시 어른들은 어린이집에서 도망가는 일과 달리, 찰흙 구슬을 만드는 일은 간섭하지 않고 지켜봐주었다.

처음부터 찰흙 구슬을 잘 만든 것은 아니었다. 몇 번이고 반복하고 열중해서 만드는 사이 조금씩 능숙해졌다. 동그랗고 반짝반짝 빛나는 찰흙 구슬이 손안에서 서서히 모습을 드러냈다. 어린 마음에도 찰흙 구슬을 만들 때 중요한 것이 무엇인지 조금씩 깨달아갔다.

구슬 표면을 까맣고 윤이 나게 하려면 어떻게 해야 할까. 그 답은 그저 계속 문지르는 것에 있었다. 문지르면 문지를수록 빛이 났다. 한편 찰흙 구슬을 단단하고 딱딱하게 만들려면 어떻게 해야 할까? 나는 찰흙 구슬에 작은 모래를 골고루 입혀 전체를 코팅했다. 그다음 다시 찰흙으로 덮고 문지른다. 그리고 재차 코팅 작업. 이 과정을 반복하면 찰흙 구슬은 얇은 층이 쌓이면서 단단하고 딱딱해진다. 이 과정을 말이 아니라 손과 눈으로 기억한 것이다. 찰흙을 덮고 문지르고, 다시 덮고 또 문지르면 영롱하게 빛나는 찰흙 구슬이 완성된다.

새로운 재료도 찾아냈다. 어린이집 마당 한 켠에 있던 하얀 석탄 가루를 찰흙 구슬의 표면에 발랐더니 찰흙 구슬이 더욱 단단해졌다. 왜 그런지는 생각하지 않았다. 그저 그렇게 된다는 것을 알고 나면 그것은 나만의 방법이 된다. 요령이나 비법 같은 것을 깨달은 순간 돌아보면 주변에는 아무도 없었다. 언제나 나 혼자였다. 그러나 그 조용한 시간이 나는 좋았다.

어린이집 친구들 사이에서는 찰흙 구슬 대결도 했다. 그저 찰흙 구슬을 부딪치는 것만으로도 나의 찰흙 구슬이 압도적으로 강했다.

어린이집의 콘크리트 바닥에 찰흙 구슬을 떨어트려 깨져버린 적도 있다. 깨진 구슬을 가만히 바라보니 단면이 보였다. 그야말로 찰흙의 밀푀유였다. 너무 예뻐서 아무리 봐도 질리지 않았다. 구슬 표면의 일부가 벗겨져 떨어져 나가면 찰흙으로 다시 채우는 보수 작업을 했다. 마무리는 역시 문지르기. 이것으로 다시 원래의 찰흙 구슬이 된다.

저녁이 되면 어린이집 마당에 있는 모래 동산에 깊은 구멍을 팠다. 그 구멍에 다람쥐가 호두를 감추듯 찰흙 구슬을 넣어두었다. 집으로 돌아갔다가 다음 날이 되면 다시 모래 더미를 파서 전날의 작업을 이어나갔다. 불필요한 생각은 접어두고 오로지 좋아하는 일을 하고 싶은 만큼 한다. 어른들이 생각하는 것 이상으로 아이들의 집중력과 에너지는 무궁무진하다고 생각한다.

학생회장이 되다

분명 미술을 했는데 어쩐지 기억에 남는 게 없다. 특별히 재능이 있는 것도 아니었다. 다만 기억에 남는 그림 한 장이 있다. 빨간색 게가 그려진 그림. 도화지의 오른쪽 윗부분에서부터 빨간색 게가 내 쪽을 향해 달려들 것만 같은 구도였다. 선생님께 칭찬을 받았거나 아니면 나 스스로 만족스러운 작품이었는지 그 그림만큼은 똑똑히 기억한다. 그렇지만 찰흙 구슬과는 달리 그림을 그리는 것에 빠진 적은 한 번도 없다.

살던 곳 주변의 초등학교에 입학했다. 1학년부터 3학년까지 저학년 때의 기억은 거의 없다. 어린이집과는 달리 교실엔 각자의 자리가 정해져 있었다. 시간표도 있었다. 당연한 말이지만 쉬는 시간이 아니면 마음대로 교실을 나갈 수 없다. 어린이집에 비하면 얌전히 있어야 하는 시간이 늘어나는 등 꽤 많은 변화가 있었다. 그래도 나는 어린이집을 다닐 때처럼 학교 밖으로 도망갔다. 선생님에게 붙들려와 혼나기 일쑤였다. 학교 수업이 끝나면 유도를 배우러 다녔다. 이유는 단순했다. 싸움을 더 잘하고 싶어서였다.

희미한 안개에 둘러싸인 듯한 초등학생 때의 기억은 어떤 계기로 선명해졌다. 바로 이사였다. 4학년이 되자마자 도쿄의 가마타에서 요코하마의 쓰나시마로 이사를 하게 됐다. 쓰나시마의 다른 초등학교로 전학을 간 이후 나의 기억은 갑자기 안개가 걷히듯 분명해졌다. 그 기억 언저리의 풍경들이 마치 눈앞에 펼쳐지듯 선명하다. 4학년, 그러니까 아홉 살이 되던 해였다. 물론 그저 기억이 날 만한 나이가 되었기 때문인지도 모른다. 아무튼 그 이후의 기억을 나는 또렷이 간직하고 있다.

쓰나시마는 요코하마시 고호쿠구에 있는 쓰루미가와 강의 왼쪽에 있는 지역이다. 이사 후 도쿄에 있는 도장까지는 다닐 수 없어 유도는 그만뒀다. 이후 소프트볼 팀에 들어갔다.

친근하고 익숙했던 환경이 이사한 후 확 바뀌었다. 아이에 따라서는 스트레스를 받는 경우도 있었을 것이다. 그러나 나에게 이사는 무언가 반짝이는 변화였다. 지금까지의 인생은 전부 리셋되어 새로운 인생이 시작된 듯한 기분이 들었다.

초등학교에서 전학생이란 미묘한 존재감이 있다. 나는 달리기도 꽤 빠르고 운동은 무엇이든 잘했기 때문에 눈에 띄는 타입이었다. 4학년 때는 선생님이 하는 말만 열심히 들어도 수업 내용이 모두 이해돼 전 과목 만점을 받은 적도 있다. 학생회에도 들어갔고 6학년 때는 학생회장이 됐다. 단체생활에는 익숙하지 않았지만 내향적인 편은 아니었고, 사람들 앞에서 이야기도 곧잘 했다. 그래서 학생회장이라는 자리 역시 큰 거부감 없이 즐길 수 있었다. 이런 이야기를 가마타의 친구들이 들으면 분명 놀라겠지. 뭐, 바꾸고자 하면 바뀌는 법이다.

다만 변하지 않은 것은 어쨌든 스포츠를 좋아했다는 것이다. 스포츠가 더욱 더 좋아져서 쉬는 날에도 학교 체육관에 몰래 들어가 매트 운동이나 농구를 했다.

내가 초등학교를 다닐 때는 지금처럼 주 2일이 아니라 일요일만 쉬었다. 수업이 없는 일요일에도 새벽 4시가 되면 눈이 떠졌다. TV를 켜도 조정 화면만 뜰 시간이었다. 오로지 6시가 되기만을 기다리다 결국 참지 못하고 제 시간보다 일찍 집을 나섰다. 학교까지 달려가 교문을 타고 넘어갔다. 숙직실 문을 두드려 주무시던 경비 아저씨를 깨워 체육관 문을 열어달라고 했다. 어느새 친해진 경비 아저씨는 나에게 기다리라고 말한 뒤 차를 내주고 나서야 체육관을 열어주었다.

경비 아저씨가 애주가라는 사실을 알게 된 후로는 죄송한 마음에 가끔씩 병 맥주를 선물하기도 했다. 지금이라면 이런 식의 거래(!)는 말도 안 되는 일일지도 모른다. 그렇지만 나는 물론, 경비 아저씨도 잘못된 일을 한다는 생각은 조금도 하지 않았다. 그때는 학교에서 해서는 안 될 행동이 일일이 교칙으로 정해져 있지 않았다.

경비 아저씨는 때때로 재미있는 이야기도 들려주었다. 그는 부업으로 빈 박스를 모아 판다고 했다. 트럭 한 대를 가득 채울 정도의 양이면 5,000엔 정도 받을 수 있다며 웃었다. 내 용돈에 비하면 굉장히 큰 금액이었다. 박스를 모으는 정도라면 나에게도 간단한 일이라고 생각했다. 나중에 나도 박스를 모아 돈을 벌겠다고 부모님께 말씀드렸더니 기막혀하시던 기억이 난다.

동경하는 직업도 있었다. 6학년 때 내가 꿈꾸던 일은 신사(神社)를 짓는 목수였다. 목재를 옮기고 창 모양의 특수한 목공 도구 등을 사용해 신사나 절을 짓는 사람. 언젠가 영상으로 신사나 절을 짓는 목수를 본 것이 그 계기였다. 일을 하게 된다면 저런 일을 하고 싶다고 생각했다. 이때부터 만드는 것에 대한 관심이 높았나 보다.

반면에 내가 좋아하던 스포츠는 직업이나 일로 연결지

어 생각하지 않았다. 스포츠는 나에게 일이 아니며, 일종의 보상이 없는 것이었다. 일요일 아침 아무도 없는 체육관에서 농구공을 튕겨 골대 밑까지 내달려 슛을 넣는 것, 그리고 그저 그것을 반복하는 것. 누군가 지켜보는 것도 아니다. 성적을 매기는 것도 아니고, 용돈을 받을 수 있는 것도 아니었다. 그래도 질리지 않았다. 하고 싶으니까 할 뿐. 그런 의미에서 스포츠는 찰흙 구슬 만들기와 다르지 않았다.

두세 시간 체육관을 활보하며 뛰어다니다가 아침을 먹으러 집으로 돌아갔다. 어디 갔다 왔는지 묻지도 않았다. 다들 학교에서 놀다 왔다고 생각했다. 아침을 다 먹고 나서 다시 학교로 돌아갔다. 운동장 개방 시간이 되면 친구들이 모였다. 그러면 친구들과 함께 뛰어놀았다.

소프트볼이나 농구, 매트 운동과 철봉까지 스포츠라면 뭐든지 했다. 그중에서도 달리기는 무척 특별했다. 장거리 달리기라면 학교 내에서 가장 빨랐다. 그래도 더욱더 빨리 달릴 수 있도록 팔을 흔드는 방법이나 다리를 올리는 방법, 보폭 등 내 나름대로 자세를 수정해가면서 온 힘을 쏟았다. 궁리하고 고민하는 것이 좋았다.

반면 그림에 대한 기억은 거의 없다. 다만 그림을 제법 잘 그리던 동급생을 보면서 '나는 저렇게 멋지게는 못 그리겠구나'라고 생각했다. 잘 그리지 못한다는 마음 한 켠에는

'저렇게 그릴 수 있으면 좋을 텐데'라는 아쉬움도 있었을지 모른다.

그림 솜씨가 좋던 그 동급생은 프라모델도 훌륭하게 조립했다. 당시 유행하던 슈퍼카의 프라모델을 내가 만들면 접착제가 비어져 나오거나 번호 스티커가 비뚤게 붙거나 색칠이 엉성했다. 그러나 그 동급생은 세세한 부분까지 깔끔하게 마무리했다. 우리 집 뒤쪽에 있던 세탁소 아들로 지금은 그래픽 디자이너로 활동하고 있다.

육상선수를 꿈꾸며

사촌 형도 육상선수였다. 같은 고호쿠구에 있는 다루마치 중학교의 육상부에 들어갔다. 형은 전국대회 결승까지 진출한 실력자였다. 어릴 때부터 알고 지낸 사촌 형이 전국대회에 출전해서인지 전국 수준이 된다는 것이 어렵지 않게 느껴졌는지도 모른다. 나도 할 수 있겠다고 낙관적으로 생각했다. 육상 강호 다루마치 중학교는 전국적으로도 유명했다. 우리 집은 학군에서 벗어나 있었지만 육상부에 들어가기 위해 학군을 넘어 입학하게 됐다.

입학 후 모든 학교생활은 육상부를 기준으로 돌아갔다. 당시 육상부 고문인 후치노 다쓰오 선생님은 나중에 케임브리지 아스카 선수의 코치가 되신 분으로, 전 100m 일본기록 보유자인 이노우에 사토루 선수와 시드니 올림픽 남자 육상 400m 대표 야마무라 다카히코 선수를 키워낸 유명한 지도자다.

3년간의 학교생활 동안 오로지 육상에만 몰두하는 사이 자연히 공부는 뒷전이 됐다. 1980년부터 1983년까지 하라주쿠의 다케노코족(竹の子族)▪의 등장이나 나메네코 (なめ猫)▪▪, 만담 등이 크게 유행하던 시기였지만, 머릿속에는 온통 육상에 대한 생각뿐이었다. 패션에는 관심이 없었을 뿐만 아니라, 그것에 관심을 갖는 것 자체가 촌스러운 일이라고 생각했다. 그래서인지 평소에는 거의 교복이나 트레이닝복 차림이었다.

중학생 때는 1,500m를, 고등학생 때는 3,000m 장애물 달리기를 중심으로 때때로 5,000m 경기에도 참가했다. 달리는 것 자체가 즐거운 것은 물론이고, 기록에 따라 내가 전국에서 몇 위인지 그때그때 확인할 수 있는 점도 자극제가 됐다. 잡지 월간 〈육상경기〉에는 중학생과 고등학생 선수들의 전국 순위가 실려 있었다. 매달 순위와 이름이 잡지에 실리는 것만으로도 굉장하다는 생각에 한층 더 의지를 불태울 수 있었다. 하지만 그렇다고는 해도 내 기록이 100위 안에 들 수 있을 것 같지는 않았다. 1년 후배 중에는 전

▪ 야외에서 독특하고 화려한 의상으로 디스코 사운드에 맞춰 스텝 댄스를 추는 사람. (본문의 주석은 모두 옮긴이주)

▪▪ 1980년대 초 나고야에서 시작해 일본에서 단기간 유행한 폭주족풍의 옷차림을 한 고양이 캐릭터.

국에서 1, 2위를 다투는 선수도 있었다. 그와 함께 달리면 절대 이길 수 없었다. 결정적으로 신체 능력 자체가 달랐다. 어떻게 해도 이길 수 없게 되면 내 능력의 한계에 직면하게 된다.

그래도 달리는 것은 좋았다. 배구나 농구처럼 팀을 이뤄 싸우는 스포츠는 상대편과의 대진이나 공의 움직임 등으로 우연성이 더해져 강한 상대와 붙어도 승리하는 일이 종종 있다. 육상에서도 그런 우연성이 아예 없다고는 할 수 없지만 경기에서 발휘할 수 있는 개개인의 절대적인 능력치는 있다. 오로지 혼자 힘으로 스스로의 한계를 돌파할 수 있는지 겨루는 경기인 것이다. 그 경기에는 선수 한 사람의 능력이 거의 대부분 집약되어 있다. 의지할 수 있는 건 자기 자신뿐인 스포츠라는 사실에 나는 더욱 육상에 끌린 것이 아니었을까.

아버지와 어머니

아버지는 툭하면 화를 내는 사람이었다. 1980년대의 회사원 이미지를 그대로 그려놓은 듯한 사람으로, 아침 일찍 출근해 밤늦게 퇴근해서는 피곤한 듯 별다른 대화도 없었다. 아무 말 없이 TV를 보거나 책을 읽는 게 보통이었다.

아버지가 재혼한 것은 내가 네 살 때였다. 아버지보다는 새어머니와 조금 더 가까웠다. 그렇지만 지금 와서 되돌아보면, 새어머니 역시 아버지처럼 금세 화를 내는 타입으로 아주 가까워지지는 못했다.

쓰나시마로 이사를 한 4학년부터의 학교생활은 언제나 밝은 얼굴로 등교해 운동에 매진하는 즐거운 나날이었다. 하지만 집으로 돌아가는 길, 길모퉁이를 돌면 나타나는 집을 바라볼 때면 웃음이 사라지고 잘 나오던 목소리도 어쩐지 나오지 않았다. 사람과 소통한다는 느낌이 완전히 사라져버린다. 활달한 초등학생인 '나'는 사라지고, 말없는 또 다른 '나'가 된다. 집으로 발을 들이는 그 순간부터 히키코모리■가 되는 것 같다고나 할까. 그때는 아직 히키코모리라는 표현은 없었던 것 같지만.

중학생이 될 무렵 아버지와는 대화가 거의 없었다. 나에게 이래라저래라 잔소리도 하지 않았다. 아버지에게 크게 혼난 건 그 후 꽤 시간이 흐른 뒤 딱 한 번 있었다. 열여덟 살이 되던 해로 "앞으로는 패션 업계에 종사하고 싶다"고 말을 꺼냈을 때였다. 아버지는 "너에게 그런 일은 어림도 없어. 회사원이나 되면 좋을 텐데"라는 말만 되풀이하셨다. 게다가 그렇게 생각하는 아버지 나름의 이유를 여러 측면에서 설명하고 설득하려고 하지도 않았다. 그저 일방적으로 안 된다는 말만 내리꽂고는 그걸로 끝이었다. 대화 자체가 되지 않았다.

'나와 이야기를 나눠본 적도 별로 없으면서 나에 대해 뭘 안다고…….' 그렇게 생각하면서 아버지의 반대로 내 생각을 접거나 고민하지는 않았다. 지금 돌이켜보면 아버지는 나에게 그렇게 쉬운 일이 아니라는 것을 전하고 싶었을 것이다. 객관적인 입장에서 생각해보면 '어림없다'는 아버지

■ 정신적인 문제나 사회생활에 대한 스트레스 등으로 사회적인 교류나 활동을 거부한 채 집 안에만 있는 사람.

의 말이 어느 정도 이해는 된다. 다만 그때의 나는 아버지의 말이라면 그저 반발하기 일쑤였고 애초에 신경도 쓰지 않았다.

아버지와의 소통 부재로 중학교 시절에는 그저 내 방에 틀어박혀 라디오를 듣거나 스트레칭을 하면서 다리 마사지를 하는 것이 전부였다. 스파이크 슈즈(spike shoes)▪ 손질도 꼼꼼히 했다. 부모님에 대한 반발심이 가득 차 있었다고는 해도, 경제적으로 부담이 되고 싶지는 않았다. 비싼 스파이크 슈즈를 사기 위해 부모님께 큰돈을 부탁하는 일은 하지 않으려고 애썼다. 반발심과 불편함이 공존했다. 그럴수록 스파이크 슈즈 손질을 게을리하지 않았고, 오랫동안 사용할 수 있도록 신경을 썼다.

잠들기 전에는 눈을 감고 앞으로 있을 달리기 시합을 머릿속으로 시뮬레이션했다. 그동안의 기억을 바탕으로 1,500m 장애물 경기를 어떻게 달릴까 생각하면서 출발 직전의 상황부터 하나씩 머릿속에 그려보는 것이다. 장애물을 넘고 코너를 돌아 다른 선수들과 겨루며 직선 코스를 달린다. 출발 직후 어떻게 주자들 사이를 헤쳐 나가 가장 좋은 위치를 선점할 것인가, 어느 타이밍에 스퍼트를 낼 것인

▪ 바닥에 뾰족한 징이나 못을 박은 운동화.

가 등. 끊임없이 과거의 경기들을 떠올리며 지난 실수들을 만회할 수 있는 이상적인 주법을 상상했다.

실제 큰 대회에 참가해서도 경기 직전까지 전체적인 흐름을 머릿속으로 그려보았다. 예선에 참가할 선수가 결정되면 참가자들의 면면을 살피고 각자의 특장점을 파악해, 어떤 경기가 될지 예측하고 흐름을 분석한다. 마치 실제로 달리는 것처럼 경기를 그려보고 접전을 벌이다 앞으로 치고 나올 작전을 궁리하는 것이다. 내 실력은 전국 10위 안에 들 정도의 수준도 아니었는데, 왜 그렇게 이기는 것에 집착했는지 모른다. 지금 생각하면 조금 이상한 일이다.

내가 단거리가 아니라 장거리를 선택한 데는 특별한 이유가 있다. 애초에 확실한 재능이나 실력이 없더라도, 장거리라면 이후에 빠르게 성장해 두각을 나타낼 수 있을 것 같았다. 중고등학교 때 꽃피우지 못한 선수라도, 나중에 실력이 늘어 기록이 좋아지는 경우도 있다. 또한 나는 왠지 모르게 단거리보다는 장거리가 더 가능성이 있을 것 같았다. 전국 순위에 들까 말까 한 기록으로도 희망을 잃지 않고 묵묵히 육상에만 몰두한 것은 그런 마음이 있었기 때문이다.

부모님과는 서로에게 다가가려는 노력조차 없는 나날이었다. 하지만 선생님에게만큼은 큰 은혜를 입었다. 중학생 때도, 고등학생 때도, 담임선생님은 육상부 담당이었다.

내가 그 반에 들어간 것은 우연이 아니라 학교에서 배려해 준 게 아닐까 싶다.

중학교 1학년 때 나의 키는 140cm 정도밖에 되지 않았다. 고등학생이 되어서도 겨우 151cm였다. 마른 체형에 빈혈도 심했다. 중학교의 담임선생님은 그런 나에게 너무 근력만 기르지 말라고 조언해주었다. 근력은 뼈의 성장을 억제하기도 해서 지나치게 근력을 기르면 키가 자라지 않는다는 것이다. 그러니 지금은 무리하지 말고 고등학생이 되면 좀 더 노력해보라고 격려해주었다. 눈앞에 놓인 경기에 집중하되 앞으로 더 성장할 수 있다는 믿음, 그런 마음의 여유를 가질 수 있게 해준 선생님이다.

나의 빈혈도 선생님에게는 걱정거리였다. 중학생 때 1,500m를 달려 골인한 후 곧바로 기절하듯 쓰러져버린 적이 여러 번 있었다. 한계까지 끌어올려 종주한 결과라고 생각했지만 후에 건강검진에서 빈혈 진단을 받았다. 그때 선생님의 부인께서 간 요리를 만들어 도시락을 싸주신 적도 있다.

일상의 중심, 육상부

고등학교를 선택한 기준은 육상부였다. 현립 고호쿠 고등학교는 육상의 강호로 중학생 때 함께 합동 훈련을 한 적도 있다. 내가 가고 싶은 학교는 오로지 그곳뿐이었다. 그러나 문제는 성적이었다. 고교 수험 모의고사를 보니 합격 가능성은 거의 제로에 가까웠다. 3년 동안 제대로 공부한 적이 없으니 당연한 결과였다. 학원에 다니지 않은 건 물론이고 수험 공부도 제대로 하지 않았다. 수업 시간에 책상 앞에 앉아 책을 펴본 일도 없었고 집에서 공부하는 일은 더더욱 없었다. 반 친구들은 모두 수험 공부에 열중했지만 나는 중학교 3학년 최고의 하이라이트인, 12월에 시작될 에키덴(駅伝)▪을 목표로 연습에 돌입했다.

▪ 에키덴경주(駅伝競走)의 줄임말. 여러 명이 장거리를 릴레이 형식으로 달리며 겨루는 육상경기를 말한다.

수험 공부에 집중하고 싶은 육상부원은 3학년이 되기 전 육상부를 나가는 것이 일반적인 수순이다. 반면 고등학교에 가서도 육상부를 계속하고자 한다면 육상부가 있는 사립고등학교에 추천을 받아 미리 진학을 결정한다. 그래야 중학교 3학년의 꽃, 에키덴에 마음 놓고 참가할 수 있는 것이다.

하지만 나는 그중 어느 쪽도 아니었다. 고호쿠 고등학교는 현립고등학교이기 때문에 육상부 추천은 받지 않는다. 그걸 미리 알았다면 수험 공부도 놓지 않았을 텐데 중학교 3학년 가을이 지나가고 겨울이 시작되던 때에도, 나의 일상은 오로지 육상을 중심으로 움직이고 있었다.

에키덴은 오르막길과 내리막길이 모두 있는 공원에서 개최된다. 평소에 뒷산을 뛰어서 오르내리는 연습을 했기 때문에 높낮이가 있는 코스는 누구보다 자신이 있었다. 심폐기능이 뛰어나다고 자랑하고 싶지만 실은 나이가 든 후 경악할 만한 사실을 알게 됐다.

서른여섯 살이 되던 해 숨 쉬는 것이 점점 힘들어지고 기침도 멈추지 않더니 결국 기침에 피가 섞여 나왔다. 병원에 가보라는 회사 동료들의 성화에 못 이겨 하는 수 없이 병원에 갔더니, 폐 바깥쪽에서 양성 종양이 발견됐다. 그렇게 큰 종양이 오른쪽 폐를 강하게 압박하고 있었기에 나의 폐는 전혀 제 기능을 하지 못했던 것이다.

의사에게서 "종양이 이렇게 커질 때까지 꽤 시간이 걸렸을 겁니다. 아마 환자분이 육상선수였을 때부터 종양이 자라고 있었을지도 몰라요"라는 말을 들었다. 수술로 제거한 종양은 큰 막에 둘러싸여 있어 다른 곳에 전이되지는 않았다. 길이 30cm 정도, 무게는 700g. 종양을 들어내고 나니 찌부러져 있던 나의 오른쪽 폐는 다시 원래 상태로 부풀어 올랐다.

중고등학교 시절 전력을 다해 달리면 빈혈 상태가 되거나 쓰러져 실신한 것은 의사가 말한 대로 종양의 영향이었는지도 모른다. '혹시 양쪽 폐가 모두 제대로 제 역할을 했더라면 장거리 주자로서 어땠을까? 기록이 훨씬 더 좋았다면 패션이라는 일을 선택하지 않았겠지'라는 생각도 들었다.

무사히 에키덴이 끝나고 중학교 마지막 해가 시작됐다. 별 수 없이 이제는 수험 공부에 매진하는 수밖에 없었다. 내 성적으로는 어림도 없다는 것을 알면서도 고호쿠 고등학교 육상부에 들어가고 싶었다. 고호쿠 고등학교에 원서를 내고 입학 시험을 치렀다.

결과 발표 당일, 북적거리는 수험생들 속에서 합격자 명단이 붙어 있는 게시판을 올려다보았다. 숫자를 따라가다 보니 나의 수험번호가 있었다. 눈으로 몇 번이고 확인하고 입으로 번호를 되뇌었다. 합격이었다.

그러나 이 학교에 합격한 것이 좋은 일만은 아니라는 것을 머지않아 깨닫게 됐다. 고호쿠 고등학교에서 수업을 들을수록 내가 수업 내용을 전혀 따라가지 못한다는 걸 분명히 느낄 수 있었다. 성적에 맞지 않는 학교를 지원한 당연한 결과였다. 그럴수록 더욱 더 육상에 집중할 수밖에 없었다. 만약 수업이 이해가 되었다고 해도 같은 선택을 내렸을지 모르지만, 당시엔 되돌아갈 길이 없다는 절박함이 마음 한 켠에서 자라나고 있었다.

고등학교 육상부의 감독님은 하코네 에키덴에서 일본체육대학의 황금기를 이끈 분이었다. 에키덴의 감독으로 그 당시에는 고호쿠 고등학교의 체육 교사도 겸임하고 있었다. 육상부 훈련이 시작되자 아직 앞뒤 분간도 못하던 나는 대학은 일본체육대학에 가겠다고 결심했다. 그러기 위해선 지금 할 수 있는 것을 하자, 내가 지금 여기 있는 이유는 일본체육대학 육상부에 들어가기 위한 과정이라고 생각했다.

다루마치 중학교의 육상부에 있을 때도 그랬다. 고호쿠 고등학교 육상부에 들어간 나 자신을 상상했다. 지금은 그것을 위한 준비 기간, 정상은 조금 더 앞에 있다. 현재는 최고가 되기 위한 준비에 전력을 다하자고. 이렇게 상황을 합리화하는 것은 예전부터 가지고 있던 나의 사고방식이다. '정상은 바로 앞에 있다'라고 스스로를 독려했다.

'앞으로 키도 클 거고 근력도 더 강해질 거야. 경기에 대한 감도 좋아지고 기록도 나아지겠지. 그러기 위해서는 지금은 무리하지 않는 선에서 할 수 있는 것을 한다. 일본체육대학에 들어갈 때쯤엔 내 기록도 최고가 되어 있겠지. 그리고 그 마지막에는 마라톤 대회에 출전한다. 현역 은퇴 후에는 체육 교사가 될 것이다.'

결심은 굳건했지만 앞뒤 재지 않고 달려들어 주변을 보지 못하는 것과는 조금 다르다. 마음은 뜨겁지만 머리는 차가웠다.

여자친구

고등학교 3년 내내 오로지 육상 생각뿐이었다. 그런 내 일상에 딱 하나 추가된 것이 있었다. 그것은 고등학교 3학년이 된 후로 조금씩 배우기 시작한 그림이었다.

그 당시 사귀던 여자친구의 오빠(그도 고호쿠 고등학교 졸업생이었다)가 미술대학에 들어가 미술공부를 한다는 것을 알게 된 것이 계기였다.

여자친구는 어릴 때부터 피아노를 배워 음악대학을 목표로 했다. 아버지는 교회 목사에, 어머니는 유치원 교사, 오빠 한 명은 미대, 또 다른 오빠는 유명 사립대학을 다니고 있었다. 여름방학은 가족들이 함께 나가노에 있는 호숫가 근처 별장에서 지내는, 그런 집안의 외동딸이었다. 고호쿠 고등학교에 다니면서 피아노는 요코하마의 미션스쿨에서 배우고 있었다. 평소에는 교복 차림이지만 데이트할 때 그녀는 영국의 품위 있는 숙녀 같은 단정한 차림새였다. 그녀에게 그런 옷이 잘 어울리고 자연스러운 건 원래부터 그렇게 자라왔기 때문일 것이다. 반면 고등학생이 되어서도 패션이나 옷에는 돈 한 푼 쓰지 않는 나와는 겉보기부터 전혀 어울리지 않았다.

모토마치에서 데이트를 하거나 함께 영화를 보기도 했다. 그녀는 아마 어렸을 때부터 가족과 요코하마의 여기저기를 놀러 다니며 맛있는 것을 먹고 쇼핑하고 산책도 하는, 그런 생활이 몸에 배어 있었을 것이다. 그녀는 어디를 가도 그 장소에 대해 잘 알고 있었다. 이 가게의 케이크가 맛있다든가, 중화요리는 어디가 잘한다든가. 아무것도 모르던 나는 그녀의 손에 이끌려 항구가 보이는 오카공원에 놀러 가기도 했다.

나와 사귀는 것을 그녀의 아버지는 크게 반대했다. 그땐 당연히 휴대전화도 없었다. 그녀가 무선 전화기로 나와 통화를 하고 있으면 그 집의 다른 전화기로 그녀의 아버지가 불쑥 끼어들기도 했다. 반면 그녀의 어머니는 어딘가 나를 받아들이는 듯한 느낌이었다. 호숫가 근처의 별장에 함께 데려가준 적도 있다. 육상이 전부인 내 일상에서 그녀와의 만남은 굉장히 큰 변화였다.

하지만 같은 해 모든 것이 한순간에 어둠 속으로 내려앉았다. 육상선수로서 치명적인 골절 부상을 입고 만 것이다. 대회 예선경기 도중 다친 발목을 급하게 테이핑만 한 상태로 결승전을 치렀고 그 결과 골절된 부분이 더욱 악화되고 말았다. 지금의 의료 기술이라면 적절한 재활 치료를 받아 복귀할 가능성도 없지 않았을 것이다. 하지만 당시의 나는 제대로 된 치료도 받지 못한 채 어떻게든 육상을 포기하지 않으려고 노력했다.

그럼에도 일본체육대학 입학은 끝내 이룰 수 없는 꿈이 됐다. 육상선수로서의 길만 바라보았기 때문에 다른 진로는 선택할 생각도 없었고 설사 선택한다고 해도 그에 대한 준비가 전혀 되어 있지 않았다. 앞을 향해 나아가야만 하는 나의 길이 돌연 보이지 않게 됐다. 결국 대학 시험을 볼 수 없게 된 나는 유럽 여행을 떠나기로 했다. 여자친구는 음악대학에 들어갔고, 우리 두 사람은 각자의 길을 걷기 시작했다.

2

여행을 떠나다

외할아버지와 외할머니의 수입가구상

외할아버지와 외할머니는 고베와 도쿄에서 수입가구상을 운영하셨다. 외할아버지는 원래 학교나 시청, 재판소 등에 의자를 납품하는 일을 했다. 공공기관에 의자를 납품했기 때문에 일 자체는 꾸준하고 안정감이 있었다. 다만 리스크가 낮은 반면 다양한 가구를 취급하는 즐거움은 없었을지도 모른다. 어느 날 외할아버지는 친한 친구가 경영하던 도산 직전의 가구상을 이어받기로 했다. 가구상을 인수받은 건 일본의 고도경제성장기가 절정을 이루던 시기였다. 백화점에서는 기존의 가구와는 별개로 수입가구 판매도 시작하던 때였다. 지금 돌이켜보면 외할아버지의 새로운 일은 시대의 바람을 타고 순조롭게 궤도에 올랐던 것 같다.

매장에서 일하시는 외할아버지의 모습은 지금도 희미한 기억으로 남아 있다. 당시 외할아버지의 모습이나 표정으로 추측하건대 수입가구상 일을 꽤나 즐거워하신 것 같다. 점포와 창고는 외할아버지의 고향인 고베와 도쿄 고탄다에 자리 잡고 있었다. 거래처는 북유럽 가구점 프리츠 한센과 이탈리아 가구점 카시나 등이 있었다. 할아버지는 수입가구를 주로 취급하는 한편 오동나무로 만든 장롱이나 옻칠한 가구처럼 일본 전통가구 중에서도 퀄리티가 높은 상품을 판매하기도 하셨다. 백화점을 주 거래처로 하는 도매업이지만 고탄다에 있는 TOC(도쿄도매센터) 8층에서 일반 고객을 상대로 한 판매도 하셨다.

부모님이 이혼할 당시 아버지가 나와 누나를 맡게 되었다. 그와 동시에 스무 살이 될 때까지는 어머니와 만나지 않도록 약속이 되어 있었다. 물론 그때의 나는 그런 사실을 몰랐다. 그 대신 외할아버지, 외할머니와 만나는 것만큼은 허락되었다. 초등학생이 되기 전부터 친할아버지 손에 이끌려 고탄다의 TOC까지 자주 놀러갔다.

당시로선 꽤 키가 크신 외할아버지는 늘 깔끔하게 다린 고급 수트에 모자를 쓴 멋쟁이셨다. 외할머니는 언제나 기모노를 곱게 차려 입고 계셨다. 반가이 맞이해주는 외할머니, 외할아버지를 만나는 일, 그리고 새 가구가 늘어선 공간을 찾아가는 일은 어린아이인 내게도 즐거웠다. 가구에서는 언제나 좋은 냄새가 났다. 외할머니는 나를 가죽 소파에 앉히고는 "이건 버팔로 가죽이란다", "이건 카프라고 하는데 어린 송아지 가죽을 가공한 거야. 부드럽지?" 하며 알려주시곤 했다. "옻나무는 오래간단다", "오동나무로 만든 장롱은 낡아도 다시 깎아내면 새로워질 수 있어" 하던 외할머니의 목소리를 기억한다. 나는 외할머니와 외할아버지를 만나면서 오랜 시간 쓰여온 것들의 가치를 자연스럽게 받아들이게 되었다.

외할머니와 외할아버지는 점심을 사주시기도 하고 생일에는 선물을, 설날에는 세뱃돈을 보내주시기도 했다. 큰 가구점을 운영하고 부유했던 외할아버지와 외할머니는 내가 원하는 것이라면 무엇이든 해주셨다. 그 단순한 기쁨이 어린 나를 사로잡았다. 겨우 네 살 정도의 어린아이였다. 나를 낳아준 어머니가 왜 나를 찾아오지 않는지에 대한 궁금증이나 슬픔 따위는 느끼지 않았다. 나중에 알게 된 사실이지만 어머니는 내가 매장에서 외할아버지, 외할머니와 놀고 있으면 눈치채지 못하도록 먼 발치에서 바라보셨다고 한다. 그때의 나는 그런 사실을 전혀 알아채지 못했다.

아버지와 재혼한 새어머니는 내가 외할아버지를 만나러 갈 때 싫은 내색 없이, 오히려 잘 다녀오라며 배웅해주셨다. 아버지는 헤어진 전 부인의 친정이라서 그런지 줄곧 모르쇠로 일관했다.

부모님의 이혼에 대해 조금은 객관적인 입장에서 이해

할 수 있는 나이가 되자 나는 어머니, 아버지에게 조금 더 마음을 쓰기 시작했다. 외할아버지, 외할머니를 만나고 돌아와서도 그곳에서 있었던 일에 대해 천진난만하게 떠들지 않았다. 생일 선물로 손목시계를 받아도 아무 말 하지 않았다. 부모님 역시 먼저 손목시계에 대해 물어보는 일이 없었다.

외할아버지의 회사는 내가 고등학생이 될 때까지 관련 기업을 몇 개나 가진 규모 있는 회사로 성장했다. 독자적인 가구 제작도 시작했고 지방에는 별도의 판매 회사도 차렸다. 하지만 늘 좋은 일만 있지는 않았다. 외국에 있는 가구 회사가 일본 법인을 설립하려는 움직임이 눈에 띄게 활발해졌기 때문이다. 외국의 거래처가 국내에서 직접 판매할 수 있는 유통 경로를 구축하면 그만큼 외할아버지의 가구점 매상은 점점 줄어들 수밖에 없다. 한번 그늘이 드리우면 가구만큼 평효율이 낮은 상품은 악순환에 빠지고 만다.

고등학생 때, '평효율'이라는 개념에 대해 외할아버지에게 들은 적이 있다. 가구는 다른 상품에 비해 넓은 공간이 필요한 만큼 월세와 매상의 관계를 고려하면 가구 판매는 효율이 좋지 않다는 것이다. 그러한 설명에는 외할아버지 자신의 일에 대한 객관적인 평가와 더불어 그토록 어려운 일을 성공시켰다는 자부심도 섞여 있었다. 비록 효율이 떨어지는 일이라도 그저 그 일이 좋아서 하는 것이다. 외할아버지에게 풍겨져 나오던 망설임 없는 단호함이 지금까지도 오래도록 내 마음에 남아 있다.

파리행, 그리고 외할아버지의 죽음

열여덟 살이 되던 해 파리로 향하는 비행기에 몸을 실었다. 그리고 그 날 외할아버지가 돌아가셨다. 1985년의 일이다. 그해에는 플라자합의가 체결되고 엔화가 급격히 폭등하기도 했다. 일본의 거품 경제가 막 시작되려는 해였다.

외할아버지는 줄곧 나의 파리행을 반대하셨다. 대학도 가지 않고 고등학교만 졸업하고는 목적도 없이 파리에 가서 빈둥거리는 것만큼 쓸데없는 짓은 없다고 생각하셨을 것이다. 내가 가도록 내버려두는 것에 대해 부모님에게 화를 내며 전화까지 해서는 파리에 가는 것을 막고자 하셨다. 나는 외할아버지를 존경했지만 무슨 말씀을 하셔도 포기할 생각은 없었다. 반면 외할머니는 내 진로에 대해 별다른 말씀 없이 그저 지켜봐주셨다.

외할아버지, 외할머니의 집 맞은편에는 우연하게도 프랑스인 가족이 살고 있었다. 외할머니께 프랑스어를 배우고 싶다고 말씀드렸더니 프랑스인 이웃에게 부탁해 언제든 가르쳐주겠다는 약속을 받아내셨다. 그 덕에 나는 프랑스인 집 부인에게서 직접 프랑스어를 배울 수 있었다.

파리로 떠나는 날이 점점 가까워지자 프랑스 어학원에서 단기 강습을 받기도 했다. 그 외에 준비할 것은 특별히 없었다. 이런저런 걱정도 들었지만 태생적으로 낙관적이었다.《지구를 걷는 법》이라는 책을 훑어보기도 했지만 '막상 가면 어떻게든 되겠지'라고 생각했다. 여행은 지금도 좋아해서 처음 가보는 나라도 많지만 여행 전에 미리 이것저것 찾아보는 경우는 드물다.

나리타공항을 출발해 앵커리지를 경유하는 파리행 비행기는 비교적 요금이 저렴한 대한항공을 이용했다. 예정대로 파리에 도착해 잘 도착했다는 안부를 전하려는데 수화기 너머로 할아버지가 돌아가셨다는 부고를 들었다. 심근경색으로 매장에서 쓰러지셨다는 것이다.

외할아버지가 갑자기 돌아가셨다는 당혹감과 함께 흘러넘치는 슬픔에 사로잡혔다. 어디론가 휩쓸려 갈 듯한 기분이었다. 동시에 다른 감정도 피어올랐다. 나의 파리행을 이해하지 못한 외할아버지가 여전히 나를 가로막고 있는 듯한 답답함이었다. 외할아버지에게 팔을 붙들려 옴짝달싹 못하는 기분이랄까. 물론 실제로는 병으로 쓰러지셨기 때문에 그런 내 생각에 명확한 실체가 있다고는 생각지 않았다. 어디까지나 내 감정의 문제였다.

외할아버지를 배신했다고는 생각하지 않았다. 언젠가는 외할아버지도 날 이해해줄 날이 올 것이다. 항상 외할아버지는 내 편이라고 믿었다.

외할아버지 집안인 야마모토가(家)에는 그림이나 디자인 업계에 종사하는 사람이 적잖이 있었다. 어머니는 이혼 후 여자미술대학에 들어가 미술 공부를 시작했고, 외삼촌은 일본화를 그리는 화가였다.

나는 고등학생 때까지 육상만 했기 때문에 그림을 배우기 시작한 건 고등학교 3학년이 된 이후였다. 그럼에도 내게 그림은 어쩐지 마음에 드는 일이었다.

한 살 위인 누나에게서 넌 야마모토의 피를 이어받았는지도 모르겠다는 말을 들은 적이 있다. 미술이나 디자인보다 음악을 좋아한 누나는 고등학생 때까지 경음악부에 들어가 당시 유행하던 싱어송라이터, 마츠토야 유미나 록 밴드 사잔 올스타즈의 곡을 기타나 피아노로 연주했다. 누나는 그림보다는 음악 쪽이었다. 그 후 누나는 일본여자체육대학에 진학해 유아교육을 전공하여 유치원 교사가 되었다.

나는 여자친구의 영향으로 고등학교 3학년 때부터 미대 입시를 위한 화실에 다녔다. 하지만 단지 그림을 조금 배우고 싶었을 뿐 수험 공부 같은 건 전혀 하지 않았다.

발목 골절로 일본체육대학에 갈 수 없게 되고 모든 희망이 사라진 그때, 프랑스에 에콜 데 보자르라는 국립고등미술학교가 있다는 사실을 우연히 알게 되었다. 불현듯 프랑스에서 미술을 가르치는 학교는 도대체 어떤 곳일까 궁금해졌다. '일본에서만 공부를 해야 하는가' 하는 의구심도 점점 커져 어찌됐든 일단 프랑스에 다녀오자는 쪽으로 마음이 더욱 굳어졌다.

아버지와는 여전히 아무런 대화도 없었다. 나에게 어떠한 기대도 없는 것 같았다. 뭐랄까. 마치 나에 대해 애정을 갖지 않으려고 노력하는 사람처럼 보였다. 어떤 말을 해도 관심을 받지 못할 거란 사실을 깨달은 나는 프랑스에 가겠다는 계획을 어머니에게만 말씀드렸다. 유학 비용을 조금은 지원받을 수 있을 거라 생각했지만 그것만으로는 턱없이 모자랐기에, 고등학교를 졸업하기 전부터 패밀리 레스토랑에서 웨이터 아르바이트를 했다. 낮에는 물론 심야 일도 마다하지 않았다.

'여름에는 꼭 프랑스에 가고 싶다. 그러니 그때까지는 어떻게든 돈을 모으자'고 결심했다. 하지만 프랑스에 가는 것이 나의 최종 목표는 아니었다. 앞으로 내가 어떻게 될지는 프랑스에 간다고 알 수 있는 것이 아니었다. 친구들은 이미 대학 입학이 결정되거나 혹은 재수생이 되어 있었다. 진지하고 구체적인 목표가 없다는 것이 여자친구와의 이별에도 영향을 끼쳤다는 걸 알고 있었다.

파리로 떠나는 날이 다가올수록 홀로 뒤처지고 있다는 기분이 강하게 들었다. 그래도 일본을 떠나기만 하면 그런 마음쯤은 저 멀리 날려버릴 수 있지 않을까 내심 기대했는지도 모른다.

파리, 루브르

내가 머무른 곳은 여행사를 통해 찾은 홈스테이 숙소였다. 파리 근교 베르사유에 위치한 곳으로, 홈스테이를 생업으로 하는 할머니가 주인이셨다. 그녀에게는 아들이 두 명 있었다.

숙소에는 나처럼 어학교에 다니는 이탈리아인 한 명, 오스트리아인 한 명이 있었다. 이탈리아인은 라틴계로 프랑스어에 대한 감각이 어느 정도 있어서인지 주인 가족들과 곧잘 대화를 나눴다. 오스트리아인 역시 같은 유럽인이어서 그런가 나보다는 의사소통이 원활해 보였다. 반면 나는 일본에서 프랑스어 공부를 했다고는 해도 초급 수준이기에 실제 대화는 전혀 통하지 않았다. 프랑스에 도착한 순간부터 혼자 덩그러니 내버려진 듯한 기분이었다. 어떻게든 될 거라고 스스로를 다독였지만 언어의 벽은 높고 현실은 녹록지 않았다. 뜻대로 되지 않는다는 불안감은 점점 커져만 갔다.

그런 날들 속에서도 매일 거르지 않고 찾은 곳이 있었다. 바로 루브르 박물관이었다. 학생증을 제시하면 입장료가 거의 무료였기 때문에 매일 루브르 박물관으로 향했다. 그곳에서는 누군가와 애를 써서 대화를 나누려고 하지 않아도 되었다. 그저 혼자 조용히 전시된 작품을 보는 것으로 충분했다. 작품과 공간이 주는 충족감 속에서 내 안의 불안도 조금씩 사라져갔다. 루브르 박물관이야말로 나의 집이었다. 지금 되돌아보면 열여덟 살 그 어린 나이에 매일 루브르 박물관을 다닌 경험은 마른 산이 비를 맞는 것과 같았다고 생각한다. 산에서 내리는 비는 산 이곳저곳에 스며들어 지하의 수맥을 지나 마침내는 지면 위로 솟아오른다. 오랜 시간이 지나 모습을 드러낼 그 무언가를 나는 루브르 박물관에서 마주할 수 있었다.

그중에서도 가장 마음이 간 작품은 이집트 미술이었다. 몇 번을 봐도 질리지 않았다. 이렇게나 완벽한 유리공예와 눈부시게 아름다운 벽화를 기원전에 완성했다는 것이 놀라울 따름이었다. 벽화에 사용된 염료는 5,000년 가까운 시간이 흘러도 변색되지 않고 잘 보존되었다. 현대인이 지금의 기술로 재현하려고 해도 아마 어려울 것이다. 미술작품으로서 그 안에 녹아 있는 미의식에 감동했다기보다는 아주 오래전 당시의 사람들이 만들었다는 '창조의 힘'에 마음이 끌렸다.

이집트에서 사용한 도구도 매력적이었다. 농사에 사용한 쟁기, 악기와 화장도구, 필기용구와 의자 등은 쓰임새뿐만 아니라 세련미도 있었다. 박물관에 전시된 서양 미술품도 뛰어났지만 몇 번을 봐도 질리지 않은 건 이집트, 아프리카, 오세아니아 지역의 전시품이었다.

패션쇼를 돕다

내가 다니던 어학교에 '준코 코시노(JUNKO KOSHINO)'■의 전 사원으로 어학 연수를 온 여성이 있었다. 그녀는 회사를 퇴사하고도 '준코 코시노'의 파리 컬렉션을 돕고 있었다. 어느 날 그녀는 일손이 부족하다며 내게 일을 도와달라고 부탁했다.

아르바이트 일당은 내게는 놀랄 만큼 큰 금액이었다. 당시는 전 세계적으로 패션 업계가 호황기였고 일본도 마찬가지였다. 옷을 만드는 족족 팔리던 시대였다. 일은 눈코 뜰 새 없이 바빴다. 나는 어떤 일인지보다 그저 아르바이트 일당에 이끌려 패션쇼를 돕기로 했다. 파리에서 벗어나 유럽의 여러 도시를 여행할 수 있으리란 기대도 있었다.

주로 담당한 일은 모델의 몸에 맞게 옷을 수선하는 것

■ 일본의 디자이너 코시노 준코가 운영하는 패션 브랜드.

이었다. 컬렉션을 준비하는 과정에서 오디션을 받는 모델에게 옷을 입혀보고 "좀 더 짧게 줄여", "여기는 꿰매줘" 등의 지시를 받아 수선했다.

양재(洋裁)■는 해본 적도 없었다. 바느질은 초등학생 때 가정 과목에서 해본 게 전부였다. 특별히 잘하는 것도 아니었다. 그럼에도 지시받은 대로 그저 열심히 하는 수밖에 없었다.

매일 아르바이트를 하는 사이 수석 패턴사와도 가까워졌다. 지금도 '준코 코시노'에서 활동하는 그와는 인연을 이어가고 있다. 아르바이트 때부터 30년이 넘게 이어진 인연이다. 미나 페르호넨의 전시회가 열릴 때마다 부부가 함께 방문해준다. 그는 "패션에 대해 공부하고 싶다면 문화복장학원의 야간반도 있으니 낮에는 일하고 밤에는 공부하면 어떨까. 혹시 우리 회사에서 아르바이트를 하고 싶다면 언제든 와도 좋아"라고 말해주었다. 아마 그는 별 생각 없이 권유했을 것이다. 그럼에도 그 한마디가 내 안으로 들어와 마음에 파문을 일으켰다. 내 속에 스위치가 탁 하고 켜진 듯한 기분이었다. 그때부터 나는 패션을 공부하거나 컬렉션 현장에서 일하는 것에 대해 진지하게 고민하기 시작했다.

■ 양복을 재단하고 재봉하는 일.

바느질은 잘하지 못했다. 잘 못하는 일이기 때문에 제대로 기억하기도 어려웠다. 능숙해질 때까지 시간이 걸렸다. 하지만 그렇기에 내가 오랫동안 해나갈 수 있는 일이라고 생각했다. 능력이 없기 때문에 오히려 지속할 수 있지 않을까. 조금 이상한 사고방식일지도 모른다. 스킬이나 경력 면에서 잘 못하는 일을 고생해서 하는 것은 비효율적인데다가 엄청난 스트레스를 받는 일이다. 얻을 수 있는 것도 많지 않다. 이것이 일반적인 생각일 것이다. 하지만 나는 그렇게 생각하지 않았다. 잘하지 못한다는 것이 오히려 이 일을 오랫동안 할 수 있는 원동력이 될 거라는 사고방식이 마치 당연한 것처럼 받아들여졌다.

주변 사람들은 되고 나는 안 되던 것들이 1주, 2주 시간이 흐르고 끊임없이 노력하는 사이 점점 능숙해졌다. 그 과정과 변화는 생각보다 훨씬 기쁜 일이었다. 안 된다는 열등감보다 발전한다는 즐거움이 큰 것이다. 파리 컬렉션 아르바이트를 한 시간 동안 일이 주는 보람과 감동을 뼛속 깊이 느낄 수 있었다. '준코 코시노'의 스태프들은 아무리 바빠도 예민하게 굴지 않고 내게 따듯하게 대해주었다.

일하는 속도가 느려 정신을 차려보면 어느새 막차 시간이 지나 있었다. 패턴사와 스태프들의 자고 가라는 말에 아파트의 빈방에서 쪽잠을 잤다. 아침에 일어나 거실로 나가면 코시노 준코 씨가 아침 식사로 죽을 만들고 있었다. 나는 테이블에 앉아 메인 스태프들과 함께 식사를 했다. 아르바이트 주제에 뻔뻔하다고 고깝게 보는 사람은 아무도 없었다. 그저 그들과 섞여 앉아 조용히 식사를 했다. 패션에 대해 아무런 지식도 없는 내가 태연하게 앉아 적극적으로 이야기에 끼어들 배짱은 없었다. 그저 앉아서 밥을 먹는 게 전부였다. 하지만 그러는 중에도 보고 듣는 모든 것이 무척이나 흥미로웠고, 다른 곳에서는 얻을 수 없는 무언가가 흘러넘쳤다. '내가 지금 여기서 뭐하는 거지?' 하고 어리둥절하면서도 그곳에 있는 동안 보고 들은 것을 남김없이 흡수하고 싶어졌다.

파리 컬렉션이 시작되는 날, 무대 뒤에서 정신없이 일을 하는 사이 어느새 쇼가 시작되었다. 그해 코시노 씨의 디자인은 우주적이고 공간적인 요소가 표현된 옷이 많았다. 특히 모델이 입고 있던 옷에는 야광 라이트의 튜브를 달아 놓은 것도 있었다. 무대에 오르기 전 그 튜브를 톡톡 접으면 화학반응이 일어나 선명한 형광색의 빛을 발했다. 키가 크고 예쁜 모델이 그 옷을 휘감고 나가면 객석을 꽉 채운 관객들이 박수갈채를 쏟아냈다. 줄곧 컬렉션 준비에 참여했다고는 해도 쇼가 시작된 무대는 내가 지금껏 본 적 없는 새로운 것이었다. 눈앞에 펼쳐진 풍경, 귀를 휘감는 음악, 관객들의 환호와 박수 소리. 내가 살던 세계에서는 경험해보지 못한 순간들이었다. 나도 모르게 감격하고 말았다. '뭐지 이 세계는!' 놀라움을 금치 못하며 그동안 몰랐던 내 안의 감각이 눈을 뜨는 것을 느꼈다.

발목이 골절되어 육상을 그만둔 순간부터 목표를 잃은 나 자신을 어떻게든 바로잡고 싶었다. 어디로 가야 할지 모른다면 다가올 앞날도 볼 수 없다는 것을 알고 있었다. 하지만 내가 가고자 하는 길로 이어지는 문이 어디에 있는지조차 모르는 처지였다.

파리에서 아르바이트를 한 이후부터 나의 브랜드를 시작하기까지 여러 가지 일을 했다. 그러나 그것은 언제나 부탁을 받고 시작한 일들이었다. 내가 스스로 다가가 문을 연 게 아니었다. 벽인지 아닌지도 모를 문은 손잡이조차 달려 있지 않았다. 그저 벽 앞에서 내가 할 수 있는 일을 하는 사이 벽이라고 생각했던 문이 스르르 열린 것이다. 그러고는 문 너머에서 누군가가 손짓하며 "들어 올래?" 하고 말을 걸어왔다. 우연 같은 인연들에 나를 내맡기는 동안 또 다른 우연이 나를 기다리고 있었다. 어리고 경험이 적은 내가 의지와 확신을 갖고 뛰어든 일과 경험이 많은 어른에게서 "이거 해보면 어때?"라며 제안받아 시작한 일에는 큰 차이가 있다. 보통은 전자 쪽이 주체적으로 미래를 개척해나가는 모습이라고 생각할 것이다. 나는 누군가가 제안한 길을 가 본 것에 지나지 않고 그저 운이 좋았던 것뿐이라고 비난받을지도 모른다. 하지만 나 자신에 대해 가장 잘 아는 사람은 정말 '나'일까?

의외로 다른 사람이 나에 대해 훨씬 잘 알지도 모른다. 그리고 내가 생각한 나보다 더 정확히 나를 파악하고 있을 수도 있다. 파리에서 아르바이트를 한 이후로 30년 이상이 흐른 지금, 그 부분을 다시 생각해보고 있다. 물론 당시에는 그렇게까지 깊게 고민하지는 않았다. 우연이 가져온 결과들에 놀라면서도 그저 잠자코 따라갔던 것 같다. 하지만 지금도 여전히 나에게 다양한 제안을 해준 것에 대해 감사함을 느낀다. 그리고 나 역시 그들처럼 누군가에게 손을 내밀 줄 아는 사람이 되고 싶다.

우연히 얻게 된 일자리지만 현장에서 배우는 사이 일을 한다는 것이 어떤 것인지 조금씩 깨달아갔다. 직접 부딪치며 피부로 조금씩 이해해가는 것, 적어도 나에게 일을 한다는 것은 그런 의미였다.

스페인으로

파리에서 한 아르바이트로 생각지 못한 수입이 생겨 스페인 여행을 떠나기로 했다. 바르셀로나, 마드리드, 톨레도. 가보고 싶은 곳이 많았다.

파리에서 기차를 타고 바르셀로나로 향하던 중 한쪽 발에 의족을 찬 50대 남자가 차내로 들어왔다. 짐을 싣는데 애를 먹고 있어 거들어주었다. 조금 뒤 그는 "자네, 어디에서 내리나. 오늘 밤 묵을 곳은 있어?"라며 말을 걸어왔다. 바르셀로나에 있는 유스호스텔에 머물 생각이라고 말하자 그런 곳 말고 자신이 아는 호텔을 잡아주겠다고 했다. 결국 바르셀로나에 도착한 후 아저씨와 같은 호텔에 묵게 되었다.

밤이 되자 남자는 술이나 마시러 가자고 했다. 지금 생각해보면 우리가 간 곳은 바르셀로나에서도 위험한 거리였다. 그 거리에 있는 매춘 업소처럼 보이는 곳으로 남자는 망설임 없이 들어갔다. 그는 능숙하게 여성과 이야기를 나누었다. 그러고는 그대로 어디론가 사라져버렸다. 사태 파악은 되었지만 고작 열여덟 살인 나는 어떻게 해야 할지 몰랐다. 불안해진 나는 조용히 호텔로 돌아왔다. 다음 날 아침 남자는 아무런 말도 없이 호텔을 나가버렸다. 우연한 만남에 좋은 일만 있는 것은 아니었다.

바르셀로나는 파리처럼 물가가 비싸지 않았다. 싼 호텔은 1,000엔 전후로 머물 수 있었다. 구운 닭 한 마리에 샐러드나 수프를 추가해도 기껏해야 500엔 정도. 마을 안쪽이나 뒷골목만 아니면 느긋하게 지낼 수 있는 곳이었다.

바르셀로나에서 지내면서 본 것 중 가장 충격적인 것은 안토니 가우디의 사그라다 파밀리아 성당이었다. 상상 이상으로 장대해서 이 정도 크기의 건축물을 200년이 넘는 시간을 들여 완공할 예정이라는 설명에, 말로 이해하는 것 이상의 커다란 힘을 느꼈다. 노력을 쏟아부어 공들인 시간에는 한 사람의 인생은 물론 세대를 초월하는 무언가가 있다. 성당이라는 특정한 목적을 가진 장소라고 해도 무언가를 완성한다는 것에는 논리로는 설명할 수 없는 비상한 힘이 작용하고 있다. 사람이 만들어낸 것 중에서 가장 파격적이며 신뢰할 만한 경지를 우러러보는 듯한 기분이 들었다.

마드리드에서는 피카소의 〈게르니카〉를 보았다. 프라도 미술관에 전시된 고야의 대표작을 보고는 '이 경외심은 어디서 오는 걸까' 생각했던 것이 기억난다. 파리에 있을 때보다 그림을 보고 싶다는 마음이 더욱 커졌다. 왜인지는 모르겠다. 무언가에 조정당하는 기분이었다. 절제되지 않은 그림의 힘이 피카소의 작품에도, 고야의 작품에도 넘쳐흘렀다.

톨레도의 거리나 건물, 경관 전체를 질리지도 않고 보고 또 보았다. 중세의 시간에 갇혀 마을 전체가 표류하는 것 같았다. 상감 세공(象嵌細工) 기법으로 만든 다마스키나도(damasquinado)▪처럼 아라비아의 세련된 문화와 공예가 오랜 시간 보존된 한편, 흙으로 만든 인형처럼 소박한 조형물도 함께 공존하는 마을이었다. 낡은 것들이 현대의 시간 속에서 조화를 이루며 존재하는 이유는 마을도 사람들도 관용적이기 때문이 아닐까. 오래된 것에 대한 애착도 분명히 있을 것이다.

원래부터 여행을 좋아한 것은 아니었다. 기차 여행도 익숙하지 않았다. 파리에서 기차를 타고 스페인으로 돌아오면 그다음엔 프랑스 보르도로 떠났다. 그렇게 떠나고 되돌아오기를 반복하는 사이 내가 여행을 즐긴다는 것을 깨달았다. 지금도 시간을 내서 여행을 하는데 그때의 기억들

▪ 톨레도의 특산품으로, 다마스쿠스 장인이 만든 정밀세공품을 말한다.

이 여행을 좋아하게 만들었다.

파리에서는 노숙을 한 적도 있다. 불현듯 콩코르드 광장 벤치에서 자면 어떨까 궁금해졌다. 나는 바로 홈스테이 숙소에 전화해 오늘은 집에 들어가지 않겠다고 말했다. 특별한 목적도 없이 '노숙을 해보면 어떨까' 하는 상상을 하니 돌연 그러고 싶어졌다. 파리에 막 도착했을 때의 나라면 절대 불가능한 일이었다. 1980년대 중반에는 유럽의 공항이나 나이트클럽에서 테러가 일어나기도 했기 때문에 실제로는 경비가 삼엄했다.

콩코르드 광장 벤치에서 잠을 자고 있는데 갑자기 남자의 목소리가 들려왔다. 눈을 뜨니 바로 코앞에 기관총 끝이 겨눠져 있었다. 충격이었다. 기동대에게 수상한 인물로 비친 것이다. 나는 서둘러 그 자리를 떠났다.

더 이상 벤치에 있을 수 없게 된 나는 지하철로 이어지는 계단으로 가보았다. 막차 시간이 지나면 셔터를 내려두지만 그 앞까지는 공간이 있었다. 그곳에는 이미 몇 명의 노숙자가 있었다. '이곳이라면 괜찮겠지.' 아침이 될 때까지 나는 노숙자들 옆에서 눈을 붙였다.

파리와 그 주변을 여행하면서 나는 자연스레 패션 업계에서 일하고 싶다는 생각을 하게 됐다. 미술 공부가 아니라 봉제 일을 하자고 마음먹은 것이다. '내년 봄에는 문화복장학원에 들어간다. 패션에 대해 좀 더 배우고 봉제 실력도 단단히 기르자.' 귀국하면 그 준비를 시작해야겠다고 생각했다.

귀국

귀국하는 날 부모님이 나리타공항까지 마중을 나와주셨다. 아버지는 내 얼굴을 보자마자 "너, 변했구나!"라고 말씀하셨다. 여름 햇볕에 피부가 좀 타기는 했지만 그런 이야기는 아니었을 것이다. 스스로 말하기 부끄럽지만, 이전보다 배짱이 붙었다고 할까. 그런 것이 나의 표정이나 태도에 배어 있었을 것이다.

돌아오는 자동차 안에서 질문이 쏟아졌다. 당시에는 메일도 없고 국제전화 요금도 비쌌기 때문에 부모님은 나의 외국 생활에 대해 거의 모르고 계셨다. '준코 코시노'의 파리 컬렉션에서 아르바이트를 한 이야기를 했더니 놀란 목소리로 "네가 그런 일도 할 줄 알아?"라고 되물으셨다. 동시에 그 목소리엔 기쁨이 묻어 있었다. 내게 좋은 여행이었다는 것을 느낌으로 아신 것이다. 내가 해온 경험들을 간단하게나마 부모님께 이야기한 건 그때가 처음이었다.

파리에 도착한 날 외할아버지가 돌아가셨기 때문에 귀국한 후로는 외할머니댁에 자주 갔다. 외할머니와 함께 밥도 먹고 여행 이야기도 나눴다. 패밀리 레스토랑에서 아르바이트도 시작했다. 봄에 문화복장학원에 입학하려면 돈이 많이 필요했다. 방학 때는 유럽 여행도 다시 하고 싶었다. 입학까지 남은 반년 동안 열심히 돈을 모아야겠다고 생각했다. 그후 저녁부터 새벽까지 일하고 낮에는 외할머니댁에 놀러가는 생활이 이어졌다.

귀국 후 달라진 것은 〈유행통신〉이나 〈하이패션〉 같은 잡지를 읽게 된 것이다. 매일같이 잡지를 펼쳐놓고 '나도 이 세계에 몸담고 싶다'고 생각했다. 잡지 구석구석까지 몇 번이고 보고 기사도 꼼꼼히 읽었다. 하지만 디자이너가 될 생각은 추호도 없었다. 코시노 준코 씨의 모습을 지켜봤기 때문에 내가 그렇게 연예인처럼 주목받는 화려한 직업을 가진다는 건 상상도 할 수 없었다. 나는 봉제를 담당하는 사람으로서 패션 업계를 지지하는 사람이 되고 싶었다.

여행을 하면서 나에 대한 새로운 점도 발견했다. 그것은 겁이 별로 없다는 것과 딱히 사교성은 없지만 누구와도 금세 친해지는 붙임성이 있다는 것이었다. 쭈그리고 앉아 손을 내밀면 슬며시 다가와 머리를 비비고, 그러다 쓰다듬는 손길에 몸을 맡기는, 도도함과 친근함이 공존하는 도둑

고양이처럼.

초등학교 시절의 나에게는 이미 그런 부분이 있었다. 일요일 아침 일찍 학교에 가면 경비 아저씨가 체육관 문을 열어주고 차를 끓여주셨다. 그런 아저씨에게 고마운 마음을 전하기 위해 맥주를 선물하기도 했다. 남에게 힘을 빌리기 위해서는 상대방이 기뻐할 만한 것이 무엇인지 생각한다. 지금도 다른 업종의 사람들과 협업하는 것은 그런 연장선상이라고 생각한다.

쉽지 않은 일이지만 직감적으로 해보고 싶다는 마음이 들면 의외로 쉽게 그 일에 뛰어드는 건 10대 때부터 쭉 이어져온 나의 모습이기도 하다. 물론 지금 새로운 일을 할 때는 회사 직원들의 도움을 많이 받기는 하지만 말이다.

3

배운다는 것

문화복장학원 야간반

고등학교를 졸업하고 1년 후 신주쿠에 있는 문화복장학원 야간반에 다니기 시작했다. 파리에서 만난 '준코 코시노'의 수석 패턴사가 추천해준 패션 일을 해보기로 한 것이다. 평범하게 대학을 간 친구들보다 한 해 늦은 출발이었다. 열등감은 없었지만 그렇다고 자신이 있는 것도 아니었다. 지난 일 년 동안 경험한 것이라고는 유럽을 잠시 돌아보고 온 게 전부였다. 문화복장학원에서 패션에 대한 전문적인 공부를 하면서 앞으로 나아갈 준비를 하자고 마음먹었다.

1학년 때 패턴 그리는 법과 셔츠 꿰매는 법 등 기초적인 부분을 배운 뒤, 2학년 때부터 디자인과와 패턴과로 나뉘어 각각의 전문 기술을 배운다.

당시 나는 디자이너가 될 생각이 전혀 없었다. 패션쇼의 피날레에 무대에 올라 많은 사람의 주목과 박수 갈채를 받던 코시노 준코 씨의 모습이 눈에 선했기 때문에 더더욱 자신이 없었다. 무대 위에 서 있는 내 모습을 떠올리는 것 자체가 상상이 되지 않았다. 디자이너가 되기는 어렵겠지만 봉제 같은 전문 기술은 시간을 들여 노력하면 어떻게든 익힐 수 있지 않을까. 디자인은 무에서 유를 창조하는 일. 봉제는 그 디자인을 최대한 살려 입체적으로 형상화하는 일이다. 나에게 잘 맞는 일은 분명히 후자였다. 고민할 여지도 없었다.

문화복장학원 야간반 1학년생은 30명 정도였고 그중 남학생은 20%도 되지 않았다. 수업은 주 3회, 화, 목, 금요일 저녁 6시부터 8시 반까지 이뤄졌다. 학생 전원이 프로의 세계를 목표로 하는 주간반과는 달리, 야간반에는 대학 공부를 병행하는 사람도 있고, 자신의 옷을 직접 만들고 싶다는 사람 등 여러 유형의 학생이 있었다. 세대도 다양했고 저마다의 사정과 목적이 있는 사람들이 모였다. 그중엔 가쿠슈인대학에서 물리학을 전공하는 섬유 도매상의 아들도 있었다. 그는 나중에 부모님의 뒤를 잇기 위해 패션의 기초를 공부해두고 싶다고 했다. 그와는 차츰 친해졌고 오랜 시간이 흐른 지금 함께 일하고 있다. 문화복장학원의 동창이던 두 사람이 훗날 이렇게 함께할 줄이야 누가 알았을까. 인생은 언제 어떤 일이 일어날지 모른다.

수업이 없는 날은 하루 종일 나카노구에 있는 봉제공장

에서 아르바이트를 했다. 봉제 일을 하려고 일자리를 찾다가 정보지에서 발견한 곳이었다. 공장이라곤 해도 아파트 한 층에 있는 방 몇 개의 벽을 허물어 마련한 조촐한 공간이었다. 그곳은 옷감을 재단하는 곳이었다. 배우면서 일하게 된 나는 어떠한 불만도 없이 묵묵히 손을 움직였다. 나의 업무는 봉제가 아니라 천을 본에 맞춰 자르는 단순한 재단일이라 작업 집중도가 높았다.

밤에는 학교에서 공부하고 낮에는 공장에서 일하는 생활을 하며 나는 또 한 번 나의 부족함을 깨달았다. 혼자서는 학원에서 내준 과제조차 제대로 해결하지 못해 친구들에게 부탁한 적도 있었다. 주머니를 만들 때 순서를 다 외우지 못해 도중에 길을 잃어버리는 경우도 있었다. 그럴 때 이 일은 나에게 맞지 않는다고 생각하는 것이 보통이다. 하지만 나는 패션 업계로 진로를 결정하면서 한 가지 마음먹은 것이 있다. 그것은 어떤 경우에도 절대 그만두지 않겠다는 다짐이었다. 애초에 못하는 일을 하겠다고 결심한 데는 고작 몇 년이 아니라 몇십 년을 꾸준히 노력하면 어떻게든 성장할 수 있으리라는 믿음 때문이었다. 도중에 그만둔다면 자신의 인생을 스스로 보잘것없게 만드는 게 아닐까. 그것은 일을 잘 못하거나 부정적인 평가를 받는 것보다 훨씬 슬픈 일이라고 생각한다. 이러한 생각은 내내 변함이 없었다.

브랜드 설립 후 옷을 만드는 일만으로는 도저히 먹고 살 수가 없어 어시장에서 아르바이트로 연명한 시기도 있다. 그때 나를 버티게 한 건, 무슨 일이 있어도 그만두지 않겠다는 결의와 다짐 때문이었다. 스스로의 중심이 흔들리면 무너져 내릴지도 모른다고 생각했다. 그것은 두려움이기도 했다. 결심한 것을 제 손으로 그만두면 실패와 좌절을 반복하는 패배자가 될 것만 같았다.

힘든 시기를 그럭저럭 버틸 수 있었던 건 중고등학교 6년간 경험한 육상 생활 덕분일지도 모른다. 나에게 처음부터 가능성이 보인 건 아니었다. 선생님은 언제나 당장의 기록이 아닌 육상선수로서의 장기적인 성장을 고려해 지도를 해주셨다. 그 결과 기록을 꾸준히 향상시킬 수 있었다. 신기록을 내지도 다른 사람이 부러워할 만한 경기를 하지도 못했지만 나 자신이 성장하고 있다는 것을 자각하는 과정은 내게 큰 영향을 주었다. 패션 분야에서도 그렇게 조금씩 성장해나가면 된다. 그렇게 생각하는 것이 스스로에게 큰 도움이 되었다.

봉제공장에서

봉제공장에서 일할 당시 숙련된 재단사의 손놀림을 보고 눈이 휘둥그레진 적이 있다. 백 장 정도 겹친 천을 잘 갈아낸 끌 같은 전용 칼로 잘라내는 것이다. 가위로 자르면 천이 앞쪽으로 밀리지만 끌은 직각으로 맨 아래까지 날을 넣을 수 있기 때문에 특대 사이즈의 깡통 따개처럼 싹둑 자를 수 있다. 정확하고 거침없이 잘려 나가는 천의 단면이 아름다웠다. 나도 이 재단사처럼 되고 싶다. 될 수 있을까? 재단사는 10명 정도로 봉제와 마무리 담당까지 합하면 모두 30명 정도가 일했다. 재단 작업은 큰 테이블에 3미터 정도 길이의 천을 깐 뒤 형지(型紙)▪를 대어 수작업으로 잘라 나갔다. 전기톱같이 생긴 밴드나이프라는 도구를 사용하기도 했다. 어느 정도 위험이 따르는 중노동이기 때문에 담당

▪ 어떤 본을 떠서 만든 종이. 양재, 수예, 염색 따위에 쓴다.

자는 모두 남자였다.

이 공장에서 취급하던 것은, 피에르 가르뎅(pierre cardin)이나 지방시(Givenchy) 등 유럽 고급 패션브랜드의 라이선스 상품이었다. 이른바 '프레타포르테(prêt-à-porter)'라고 부르는 것으로, 공장이 이러한 고급 기성복을 수주한다는 것은 알고 있었다. 기왕이면 좋은 것을 만드는 곳에서 일하고 싶다는 생각에, 그 공장을 선택한 것이다.

고급 제품이기 때문에 재단도 세밀하고 정확해야 했다. 몇 밀리미터라도 어긋나면 사용할 수 없게 된다. 천을 100장 정도 겹치고 맨 위와 맨 아래를 완벽하게 똑같이 재단하려면, 철두철미하게 칼을 갈아놓아야 한다. 그렇게 갈아낸 칼은 천 위에 내려놓는 것만으로도 칼 자체의 무게 때문에 슥 하고 잘려 나갈 만큼 날카로웠다. 하지만 아무리 주의를 기울여 작업해도 조금씩 어긋날 때가 있다. 그러면 봉제 담당자가 미세하게 삐뚤어진 부분을 칼같이 찾아내서는 재단 담당자에게 돌려보낸다. 100여 장의 천을 낭비하면 손해가 크기 때문에 밴드나이프를 사용해야 하는 재단은 나 같은 신참에게는 맡기지 않는다. 그래서 나는 처음엔 다루기 쉬운 옷감을 전기톱으로 자르는 일부터 맡았다. 실크 등 부드러운 천은 어긋나기 쉽고 난이도가 높기 때문에 숙련된 사람이 맡는다. 시간이 지나 조금씩 경험을 쌓고 기술을 익힌

후부터는 나도 실크 같은 부드러운 옷감을 재단할 수 있게 되었다.

근무 시간은 아침 8시부터 저녁 7시나 8시까지로 시급은 600엔이었다. 학교 수업이 있는 날은 5시에 끝나니까 한 달에 버는 돈은 10만 엔이 될까 말까 했다. 1986년 말부터 거품 경제가 본격화되기 시작했다. 한 의류회사가 직원에게 고급차를 빌려준다거나 은행 신입사원이 상여금으로 100만 엔 이상을 받았다는 등의 이야기가 들려왔다. 그러한 호황기에 봉제공장에 다니며 전문학교를 다니는 아들을 아버지는 어떻게 생각하셨을까. 일하는 것 자체를 못마땅해하지는 않았지만 그렇다고 월급이 얼마인지 묻는 일도 없었다. 내 미래에 대해 큰 기대가 없으셨는지도 모른다. 월급만으로는 독립해서 살기 어려웠기 때문에 부모님 집에서 함께 살았다. 그동안 아버지와 대화는 거의 나누지 않았다. 학교는 신주쿠에 있어서 야간 수업이 끝나면 놀러 나가는 친구들도 있었다. 세상은 거품 경제에 취해 한껏 들떠 있었다. 친구들의 권유로 한두 번 나이트클럽에 가보기는 했지만 왠지 불편하고 즐겁지 않았다. 지금도 클럽은 물론 노래방에도 가지 않는 건 마찬가지다. 밤에 노는 습관은 결국 몸에 배지 않았다.

나는 공장에서 일하면서 더 많이 벌고 싶다는 생각은

하지 않았다. 다만 경제적으로 여유가 없는 와중에도 한 달에 한 번쯤은 내 나름의 사치를 즐겼다. 지금도 가끔 다이칸야마에 있는 '마담 도키'라는 프랑스 식당을 방문한다. 당시 마담 도키 근처에 '준코 코시노'의 남성복 매장이 있어서, 바쁜 시기에 패턴부 부장이 도움을 요청하면 가끔 임시로 매장 일을 돕기도 했다. 할인 판매 기간에는 옷을 챙겨주기도 했다. 여러 가지로 신경을 써준 덕에 종종 신세를 졌다. 매장 지하에는 이탈리아 음식점 '비얀코에네로'가 입점해 있어 부장이 데려가준 적도 있다. 그러한 경험이 서양요리에 눈을 뜨는 계기가 되었다.

혼자 찾은 마담 도키에서 프랑스 시농(Chinon)산 와인을 처음으로 마셨다. 나는 음식을 통해 새로운 세계를 만났고 그것에 완전히 마음을 빼앗기고 말았다. 공장에서 일할 때는 한 달에 한 번 마담 도키에, 그 외엔 서서 먹는 소바집, 규동 전문점 요시노야에 자주 갔다. 열아홉 살인가 스무 살 즈음이었는데, 이때부터 음식에 관심을 가진 것 같다. 지금도 한 달에 두세 번은 좋아하는 레스토랑을 찾는다. 매일 가는 건 몸에 좋지 않지만 가끔 하는 사치스러운 식사는 나에게 살아가는 기쁨 중 하나가 되었다.

생애 첫 핀란드

문화복장학원에 입학한 이듬해 2월 핀란드와 스웨덴으로 여행을 떠났다. 이것이 북유럽과의 첫 만남이었다. 벌써 30년도 더 된 일이다.

나를 핀란드와 이어준 것은 마리메꼬(marimekko)라는 브랜드였다. 조부모님의 수입 가구점이 마리메꼬의 텍스타일을 취급했고 백화점 등에도 납품을 하고 있었다. 밝고 거침없는 마리메꼬의 텍스타일 디자인이 마음에 들어 핀란드 브랜드라는 것을 기억해두었다. 핀란드에 대해 아는 것은 거의 없었다. 북유럽의 각 나라가 어디에 있는지, 각국의 차이와 특색은 무엇인지도 몰랐다. 그래도 일단은 핀란드에 가봐야겠다고 생각했다.

유스호스텔에 회원가입을 하고 유럽의 철도를 일정 기간 마음껏 이용할 수 있는 유레일패스도 구입했다. '준코 코시노'의 패턴사가 또다시 파리 컬렉션을 도와달라고 요청했기 때문에 최종 목적지는 파리로 했다. 1987년 1월, 항공료가 저렴한 러시아 항공 아에로플로트를 타고 헬싱키로 날아갔다. 핀란드와 스웨덴을 여행한 뒤 유레일패스를 이용해 네덜란드로, 기차와 배를 이용해 런던으로 이동한 뒤 마지막으로 파리로 가서 '준코 코시노'의 파리 컬렉션을 돕고 귀국하는 여정이었다. 핀란드를 어떻게 여행할지는 정하지 못했다. 우선 핀란드에서 가장 추울 것 같은 곳을 가 보고 싶어 북극권 마을인 로바니에미로 향했다. 엄동설한인 2월의 일이었다.

로바니에미로 가는 기차에서 배를 곯고 있는데 마침 식사 중이던 핀란드 사람들이 먹을 것을 나눠주었다. 그들은 시종 웃는 얼굴로 슬며시 수줍은 기색을 비추기도 했다. 왠지 마음이 가는 독특한 분위기였다. 그들은 동양에서 온 낯선 이방인에게도 친절했다. 기차 밖은 날이 선 한기가 휘몰아쳤지만 그들의 친절함에 마음만은 온기로 가득했다.

역에 도착해 기차에서 내리니 거센 추위에 뺨과 귀, 코끝이 아려왔다. 이 지역 전체는 원주민인 사미족의 문화권으로 오랜 역사를 간직한 곳이다. 혹한기의 북극권은 영하 35도의 세상. 그런 곳에도 유스호스텔은 있었다. 숙박객은 나 말고 한 명 더 있었다. 그는 미국인 전직 교사로 세계 일주를 하고 있었다. 그와는 자연스럽게 친해져 북극권 지역을 함께 여행하기도 했다. 그리고 그는 다음 목적지로 떠났다. 나는 로바니에미에 남아 매일 도서관에 틀어박혀 지냈다. 당시에는 몰랐는데 그곳은 유명한 건축가 알바 알토(Alvar Aalto)가 설계한 도서관이었다. 그에 대한 지식도 없이 그저 알 수 없는 아늑함이 마음에 들어, 그 북극권의 도서관에 앉아 좋아하는 화집을 보곤 했다.

그때 발견한 것이 소일레 일리-마일리(Soile Yli-Mäyry)라는 핀란드 여성 화가의 화집이었다. 그림은 어딘가 사람처럼 보이는 선들로 채워져 있었고 빨간색이나 주황색 같은 강한 색을 사용한 유채 추상화에 이상하게도 일본어가 덧붙여 있었다. '왜 일본어가 쓰여 있지?' 설명을 읽어보니 진구마에의 와타리움미술관이 출판한 화집이었다. 화집에 이런 말이 있었다.

"예술가는 누구나 될 수 있다. 하지만 예술을 만드는 일은 평생이 걸려도 불가능할지도 모른다."

예술가라고 누구나 예술을 만들 수 있는 것은 아니라는 의미다. 예술에 대한 동경과 경외를 담은 그 문장이 강하게 뇌리에 박혔다. 지금도 핀란드 도서관의 고요한 공기와 함께 종종 이 문구가 떠오른다.

헬싱키 항구에서는 겨울이라 정박한 배 위에 카페가 열려 있었다. 당시 통용되던 화폐도 유로가 아닌 핀란드 마르

카였다. 불과 100엔 정도에 커피 한 잔을 마실 수 있었다. 시간이라면 얼마든지 있었기 때문에 카페에 앉아 커피를 마시며 주변 사람들을 하염없이 바라보았다. 스마트폰은 물론이고 휴대폰 자체가 없던 시절이었다. 어디에도, 그리고 누구와도 연결되지 않은 채 혼자서 그저 조용히 이국의 한겨울 광경을 바라보았다. 언제부터인가 뱃사람들과 이런 저런 이야기도 나누게 되었다.

커피를 주문했더니 먹을 것을 내주기도 했다. 마침내 주방에까지 초대받은 나는 매일 식사도 함께 하게 되었다. 헬싱키를 떠날 때는 모두가 이별을 아쉬워했다. 그들은 배의 로프를 묶어두는 도르래를 선물로 주었다. 도르래에는 점포명인 'Helga(헬가)'라는 글씨가 각인된 플레이트가 달려 있었다. 무슨 생각으로 나에게 이것을 건넸을까. 이 가게를 기억해달라는 것은 물론, 아직 젊은 나를 격려해주고픈 마음이었을 것이다. 굳이 말을 하지 않아도 그들의 진심이 그대로 전달됐다. 플레이트가 달린 도르래는 지금도 소중하게 보관하고 있다.

마침내 핀란드를 떠나는 날이 됐다. 스웨덴으로 이동하기 위해 육로가 아닌 배를 이용하려고 했지만 여객선 선착장을 찾지 못해 출항 시간에 늦을 뻔했다. 우연히 지나가던 사람에게 물으니, 그것 참 큰일이라며 근심 가득한 얼굴로 선착장까지 자동차로 데려다주었다. 수줍음이 많은 핀란드인 중에는 친절한 사람이 놀랄 만큼 많다. 그때도 얼마나 고마웠는지 모른다. 아슬아슬했지만 무사히 배를 탔다. 배는 소리도 없이 금세 항구를 떠났다. 핀란드에는 그 후로도 여러 번 다녀왔다. 지금은 나에게 제2의 고향 같은 곳이다.

마리메꼬(marimekko)

핀란드 여행에서의 경험은 앞으로 내가 해나갈 디자인에 커다란 영향을 주었다.

헬싱키에서 마리메꼬 매장에도 들렀다. 조부모님의 매장에서 취급하던 마리메꼬, 게다가 본고장의 마리메꼬다. 가게 안으로 들어서는 것만으로도 가슴이 뛰었다. 가게 안에는 천과 깔끔한 양복이 가지런히 전시되어 있었다. 그 색과 모양에 둘러싸여 있는 것만으로도 풍요로워지는 기분이었다.

가격은 결코 저렴하지 않았다. 그래도 꼭 갖고 싶어 산 것이 당시 크리에이티브 디렉터인 이시모토 후지오 씨가 디자인한 천이었다. 마리메꼬의 원단 끝에는 담당 디자이너의 이름과 디자인한 연도가 적혀 있다. 거기에 'Fujio Ishimoto'라는 이름을 발견하고, '아, 나와 같은 일본인이 디자인한 거구나' 하고 놀랍고 기뻤다. 이시모토 후지오 씨와는 나중에 알게 되어 지금은 핀란드에 갈 때마다 종종 만난다.

미나의 이념과 운영 스타일은 마리메꼬의 영향을 많이 받았다고 생각한다. 일시적으로 소비되는 디자인이 아니라, 오래전에 만들어진 것이라도 좋은 물건이라면 변형하지 않고 계속 생산해낸다. 그것이 마리메꼬 디자인에 담겨 있는 생각이다. '그러한 철학이 있다면 나도 할 수 있을지도 모른다. 해보고 싶다.' 이러한 생각이 어디서 시작되었는지는 분명하지 않지만 여전히 내 안에 살아 숨쉬고 있다. 그리고 그 씨앗을 뿌린 것이 바로 핀란드 여행이었다.

일본에서도 잘 알려진 '스툴60'은 겹쳐서 쌓아놓을 수 있는 스툴(stool)의 명작으로, 핀란드 건축가 알바 알토가 도서관을 설계하면서 독자적으로 만든 것이다. 자그마치 1933년의 일이다. 하나의 디자인이 정석화되면 변하지 않고 계속 이용된다. 오랜 시간 사랑받으면서 디자인의 가치도 높아져간다. 반면 파리 컬렉션의 이면에는 시즌마다 어지럽게 변화하는 패션의 최첨단이 있었다. 그 모습도 놀라웠다. 패션의 세계에 강력하게 끌리게 된 계기이기도 하다. 하지만 핀란드 여행을 하면서 '나 자신은 어느 쪽에 더 깊은 공감을 느끼는가'를 곰곰히 생각했다. 그리고 내 마음이 어디로 향하는지 확실히 느낄 수 있었다. 나는 아무래도 새

것보다 오래된 것을 좋아한다. 스웨덴에 도착해서는 스톡홀름에 있는 골동품숍과 헌책방을 찾아 돌아다녔다. 그곳에서 오래 머무르며 시간을 들여 물건 하나하나를 찬찬히 살펴보았다.

스톡홀름의 유스호스텔 아프 채프먼은 현대미술관 인근에 있는 범선을 활용한 숙박시설이었다. 아침에는 기본으로 제공되는 조식을 먹고, 점심에는 아침 식사 때 넉넉히 받아둔 빵에 슈퍼에서 산 명란젓 페이스트를 발라 먹었다. 저녁은 수프만으로 견뎌냈다. 어쨌든 식비를 바짝 줄였다. 유스호스텔의 도미토리는 하룻밤에 600에서 700엔. 한 달 체류해도 10만 엔이 채 되지 않았다.

감라스탄(Gamla Stan)이라는 구시가지에서는 앤티크라기보다는 잡동사니에 가까운 것들을 구경하다가 영감을 받아 노트에 그림을 그려나갔다. 색연필도 수채도 아닌 볼펜으로 계속해서 그린다. 어쩐지 그림을 그리고 싶어졌다. 2월이었기 때문에 주변은 항상 어두웠다. 매서운 추위를 피하기 위해 내셔널갤러리와 모던아트뮤지엄에 자주 갔다. 미술관에 들어서자 마음이 차츰 차분해졌다. 현재 나의 유리 제품에 대한 관심은 이 여행에서 비롯되었다. 오레포스(Orrefors)와 말뫼(Malmö)를 방문해 스웨덴을 대표하는 유리 제조업체의 공방을 둘러보기도 했다. 빛이 무척 귀중한 북유럽에서 그렇게 아름다운 유리 제품을 만들 수 있는 것도 일상 속 빛을 소중히 여기는 그들의 마음이 반영된 것이리라. 유리는 빛을 받아들여 또 다른 아름다운 빛을 만들어낸다.

스웨덴에서 네덜란드까지는 기차로, 네덜란드에서 런던으로는 배를 이용해 이동했다. 토머스 쿡▪의 시간표만 있으면 어디든지 갈 수 있었다. 그러나 여행 후반부로 접어들자 돈이 거의 바닥이 났다. 급기야 배낭족에게까지 음식을 나눠 받아먹는 한심한 상태에 이르렀다.

출발할 때 15만 엔이나 있던 돈이 다 어디로 가버린 걸까. 사실 핀란드의 라플란드(Lappland)에서 한 벌에 10만 엔이나 하는 옷을 사버린 것이 타격이 컸다. 크래프트숍에서 팔던, 현지의 작가가 만든 세상에 단 하나뿐인 옷이었다.

파리에 도착하면 아르바이트를 할 수 있다는 희망도 있었다. 유레일패스가 있으니 야간 기차를 타면 숙박비는 들지 않는다. 절약해서 쓰면 남은 4만 엔 정도로 몇 주 정도는 견딜 수 있을 거라고 생각했다. 하지만 런던에 도착해서는 유스호스텔을 찾지 못해, 아침에는 얼마 남지 않은 돈으로 산 빵과 쿠키로 허기를 달랠 수밖에 없었다. 얼마나 배

▪ 세계에서 가장 오래된 영국 여행사로, 토머스 쿡이 1841년에 설립했다. 항공기 31대와 전 세계에 콘도와 호텔을 200여 개 소유하고 있었으나 경영 악화로 2019년에 파산했다.

가 고픈지 하이드파크를 정처없이 걷다가 배낭족에게 샌드위치를 받기도 했다. 고맙다는 말만 겨우 건네고는, 생각할 겨를도 없이 그저 샌드위치를 허겁지겁 먹어치웠다. 그 맛과 함께 나 자신에게 느낀 한심한 기분은 지금도 잊을 수 없다. 이대로는 여행 비용을 확보할 수 없어 런던에는 3~4일밖에 머무를 수 없었다. 파리에 갈 수 없게 되면 아르바이트 약속을 지킬 수 없다. 나는 여행 자금이 남아 있는 동안 기차로 도버 해협을 건너 파리로 향했다. 유레일패스의 존재가 고마운 순간이었다.

1년 만에 '준코 코시노'의 쇼를 도왔다. 작년에 비해 일이 손에 익어 움직임이 자연스러웠다. 아르바이트비를 받는 것 외에 식사도 제공되었기 때문에 안심이 되었다. 2주간의 파리 체류 중 아르바이트비로 여행 자금을 모으게 되어 무프타르 거리에 있는 일주일에 만 엔 정도 하는 방을 얻어 지내기도 했다.

학교 축제 패션쇼

귀국 후 문제가 생겼다. 문화복장학원에서 학점이 모자라 유급당할 수 있다는 통보를 받은 것이다. 학교에도 가지 않고 유럽과 북유럽 이곳저곳을 어슬렁어슬렁 여행다녔기 때문에 무리도 아니었다. '그렇다면 어쩔 수 없지, 뭐.' 패션을 업으로 삼고자 하는 마음에는 변함이 없었지만, 남들처럼 꼭 학교에서 배워야 하나 하는 의문도 있었다. 봉제공장에서 일하는 것만으로 날마다 무언가를 배운다는 자부심도 있었다. 유럽 여행을 하면서 어느 정도 배짱이 생겼는지도 모른다.

그렇게 각오를 다지던 중 운이 좋게도 아슬아슬하게 2학년 진급이 가능하다는 것을 알았다. 학원 측에서 어느 정도 눈감아주었는지도 모른다. 그럼에도 여행은 포기하지 못했다. 진급이 결정되자마자 다시 한 달 정도 핀란드와 스웨덴 여행을 떠났다. 필수 과제도 내지 않아 결국 유급되고 말았다. 2학년을 다시 처음부터 해야 한다. 2년제 야간반을 졸업하면 3년 차에 전문과(專門科) 과정이 있지만 나는 문화복장학원을 3년간 다녔어도 결국 실제로는 2년 과정만 배운 셈이다.

도대체 학교에서 배운 건 무엇일까. 지금도 잘 모르겠다. 의미가 없었다고는 말할 수 없다. 그곳에서 오래 사귈 수 있는 친구도 만났다. 그러나 지금은 다를 수도 있지만, 그 당시만 해도 선생님의 가르침이 모두 납득이 되지는 않았다. 예를 들면 수업에서 어깨선의 각도는 이러해야 한다는 식으로 내가 그린 패턴을 무작정 고치게 했다. 하지만 실제 치수를 재보거나 봉제 현장을 조금이라도 경험해보면, 어깨선 같은 건 사람마다 다르다는 것을 금방 알 수 있다. 아마 학교에서는 표준이 되는 어깨선을 가르치려 했을 것이다. 내가 봉제공장이나 패션쇼 현장에서 직접 보고 배운 것과 학교 교육 내용이 딱 맞아떨어지지 않는 건 어쩌면 당연한 일이었다. 진급은 못 했어도 학교에는 계속해서 나갔다. 그 이유는 친구들과 보내는 시간이 즐거웠기 때문이다. 문화복장학원의 학생회 조직인 학우회에서는 서기를 맡기도 했다.

2학년 축제 준비를 시작할 무렵 친한 친구가 찾아왔다. 자신은 쇼 전체 디렉팅을 해야 하니 나에게 디자인팀 책임을 맡아달라는 것이다. 나는 그 제안을 받아들였다. 바느질은 서툴러도 디자인이라면 어떻게든 될 거라고 생각했기 때문이다. 입학했을 때와는 완전히 반대로 봉제 일보다 디자인에 좀 더 자신감을 갖게 된 것은 내 안의 큰 변화였다. 친구는 넥타이핀 같은 신사복 액세서리를 만드는 회사의 후계자로, 릿쿄대학 경제학부에 다니면서 문화복장학원에서 옷에 대해 배우는 중이었다. 내가 핀란드나 스웨덴 등 북유럽에 가거나 '준코 코시노'의 파리 컬렉션을 도와주는 등 학교 밖에서 활발하게 활동하는 모습을 관심 있게 지켜봤는지도 모른다. 반 이상은 과대평가였다고 생각하지만.

축제의 패션쇼에서 공개하는 작품들은 한 사람에 한 벌씩 직접 디자인하고 손수 바느질해 정성껏 공을 들여 만드는 것이 관례였다. 나는 시계를 테마로 해서 십여 벌을 디자인하고 각각의 옷에 시계 무늬를 달기로 했다. 그중에는 달리의 그림에 나오는 일그러진 시계 모양도 있었다.

나는 한 벌도 재봉하지 않았다. 무늬를 만드는 일도, 봉제도 모두 주위 친구들이 해주었다. 나는 쇼의 구성을 생각하면서 십여 벌의 디자인을 만들어나갔다. 음악도 전체 흐름을 고려해 결정했다. 시계를 주제로 한 나의 디자인은 축제 패션쇼의 피날레를 장식하게 되었다. 모든 모델에게 옷을 입혀 모든 옷을 한번에 보여주는 연출은 '준코 코시노'

의 쇼를 보고 배운 스타일이었다. 학원장인 고이케 치에 선생님께서 연출을 칭찬해주신 기억이 난다.

시계 무늬를 선택한 건 지금의 미나 페르호넨의 디자인과도 통하는 부분이 있다. 물건의 모양이나 디자인 어딘가에 구체성이 분명히 드러나는 것. 내 디자인의 취향은 그때부터 이미 싹트고 있었는지도 모른다.

니시아자부(西麻布)의 주문제작 모피 전문점

문화복장학원 3년 차에 봉제공장을 그만두고 주문제작을 전문으로 하는 모피 전문점, 다카모토에서 일하게 되었다. 다마미술대학의 조각과에 다니던 친구가 사람들 눈에 잘 띄는 다카모토의 쇼윈도를 발견하고는 우리 작품의 디스플레이를 부탁해보자고 이야기를 꺼낸 것이다. 매장의 이익에 대해서는 아무것도 몰랐던 제멋대로의 생각이었다. 하지만 내가 그린 암모나이트 같은 그림을 바탕으로 친구가 FRP(섬유 강화 플라스틱)를 사용한 입체 오브제를 만들어 매장의 오너에게 프레젠테이션했더니, 의외로 쉽게 허락해주었다. 아직 거품 경제가 한창일 때라, 모피 업계의 경기도 좋아 한 벌에 몇 백만 엔 하는 밍크 코트가 쏟아져 나오던 시절이었다.

그러던 중 패턴을 만드는 직원인 사노 씨가 일손이 부족하니 도와달라는 제안을 해왔다. 처음에는 봉제공장 아르바이트를 병행했지만, 머지않아 완전히 그만두고 모피 전문점으로 옮기게 되었다. 아침부터 저녁까지 매일 일을 하고, 수업이 있는 날은 일찍 퇴근했다.

다카모토의 모피옷은 손님 개개인에게 맞춰 주문제작했기 때문에 가봉이 필수였다. 가봉 일을 돕게 되면서 사람의 몸은 제각기 다르고 체형도 다양하다는 것을 알게 되었다. 물론 몇 가지 유형은 있다. 옷 디자인에서 중요한 신체적인 포인트도 있다. 그렇게 다카모토에서 매일 체형과 옷의 관계를 자세히 관찰하는, 좀처럼 얻기 힘든 경험을 쌓아갔다.

다카모토의 제품은 워낙 고가라 서너 번은 가봉을 한다. 우선 일반 천으로 가봉한 후 최종적으로 모피로 가봉한 것과 맞춰본 후에야 비로소 실제 작업에 들어간다. 주 고객층은 경제적으로 여유가 있고 연령대가 높은 여성이었다. 나이가 나이인지라 등이 굽은 분도 있어 그런 체형도 입기 편한 코트를 만들어야 했다. 사람의 몸은 저마다 달라서 항상 미세한 조정이 필요하다. 세 번, 네 번 가봉을 해야 비로소 그 사람에게 딱 맞는 모양이 된다.

옷을 우아하게 만드는 느슨한 주름의 흔들림을 자연스럽게 하려면 어떻게 해야 할까. 사노 씨는 “이것 봐, 견갑골이 사람 등에서 제일 높은 곳에 있지. 이 견갑골을 중심으로 주름이 만들어지는 거야"라며 설명해주었다. 말로 가르쳐주어야 이해할 수 있는 부분도 있었다.

치수를 재고 가봉을 한다는 것은 개개인의 몸과 대화를 나누는 것과 같다. 하지만 몇 시간이나 작업이 계속되면 손님은 금세 지쳐버린다. 그래서 가봉은 30분 전후로 끝내야 한다. 빠른 판단으로 핀을 꽂고, 몸에 맞추어 모양을 만들어 간다.

처음에 나는 옆에서 지켜보다가 밑단을 줄이는 등의 간단한 일만 도왔다. 옷의 전체 구조 등은 스승인 사노 씨의 작업 과정을 지켜보면서 조수로서 많은 것을 배워나갈 수 있었다.

사노 씨도 경력이 좀 특이한 사람이었다. 와세다대학 영문과를 졸업하고 다카모토에서 아르바이트를 하는 사이 독학으로 패션을 공부해 이 일을 하게 되었다. 장인(匠人)이라고는 하지만 "입 다물고 내가 하는 거나 보고 배워" 하는 오만하고 까다로운 타입은 아니었다. 그는 사람의 신체 구조와 옷의 관계를 생각하는, 이른바 주문제작의 이론을 확실히 언어화할 수 있는 사람이었다. 그래서 곁에 머무는 것만으로 대단히 많은 공부가 되었다.

다카모토에서는 쇼윈도뿐만 아니라 매장 내의 디스플레이도 맡게 되었다. 여러 가지 소품을 활용해 매장 내부를 자연스럽게 꾸미는 미나 페르호넨의 인테리어 스타일은 다카모토에서의 경험에 바탕을 두고 있다. 다카모토는 오너와 영업사원, 사노 씨와 나, 사무직 여성 두 명이 전부인 작은 회사였다. 그렇게 3년 남짓을 다카모토에서 근무했다.

4

'미나'의 시작

'미나(minä)'의 시작

독립해 나만의 브랜드를 만들어야겠다고 생각했다. 그러기 위해서는 자금을 마련하고, 작업실을 빌리고, 원단을 조달해야 했다. 판매를 부탁할 가게도 찾아야 했다. 준비할 것도 해야 할 일도 많았지만, '독립하면 모든 시간을 투자할 수 있으니 어떻게든 되겠지' 하고 생각했다. 되돌아보면 말도 안 되는 생각이었지만 당시의 나는 그렇게 독립을 결심했다.

가장 먼저 결정한 것은 주거 겸용 작업실이었다. 이사할 지역을 정해 주변 매물을 찾아본 결과 하치오지(八王子)가 가장 적당해 보였다. 하치오지는 도쿄 원단 생산의 중심지였다. 울은 아이치(愛知)현과 기후(岐阜)현이 유명했고, 면은 시즈오카(静岡)현의 하마마쓰(浜松) 주변이 유명했다. 이처럼 원단의 생산지에는 깊은 역사와 함께 직조공장들도 많이 모여 있었다. 하치오지는 오래된 견직물 생산지로 요코하마항에서 하치오지까지 이어진 길은 일본의 실크로드라고도 불렸다. 과거에는 주로 기모노를 만들기 위한 견직물을 생산했지만, 양복이 주류를 이루면서 견직물로 넥타이를 생산하기 시작했다. 그에 따라 원단 생산의 폭도 확대돼 그 종류도 다양해졌다.

'이세이 미야케(ISSEY MIYAKE)'■ 등의 원단 생산을 맡고 있던 '미야신'이라는 직조공장도 하치오지에 있었다. 미야신은 원래 기모노의 원단을 생산하던 곳이지만 일찍이 시대의 흐름과 변화를 예측해 새롭고 특별한 직조 생산에 적극적으로 뛰어들었다. 그 결과 1980년대에 들어서는 디자이너들 사이에서 신뢰를 얻기 시작했다. 나 역시 원하는 원단을 만들기 위해서는 미야신 같은 직조공장과 함께 일하고 싶었다. 그래서 하치오지에 작업실을 마련해야겠다고 생각한 것이다.

주거 겸용 작업실은 니시하치오지(西八王子)에서 찾아냈다. 주변에는 봉제공장이 있고 하치오지역 주변보다 월세도 저렴했다. 단층 독채 건물이지만 그래봐야 부엌과 방 두 개가 전부였다. 1평 정도 되는 부엌과 3~4평 크기의 일본식 방 하나, 그리고 안쪽에는 그보다 조금 작은 플로어링

■ 일본의 유명 디자이너 미야케 이세이(三宅一生)가 만든 패션 브랜드.

(flooring)■ 방으로 집세는 8만 엔이었다. 일을 그만둬서 당장 수입은 없었지만 (지금은 이혼한) 아내에게 수입이 있었기 때문에 집세를 겨우 해결할 수 있었다. 그녀는 에스닉 잡화 편집숍의 바이어(buyer) 겸 점장이었다. 1990년대 중반 에스닉 붐이 일면서 편집숍에는 손님이 끊이지 않았고 수입도 안정적이었다. 그녀의 수입이 없었다면 독립은 생각할 수도 없었다.

방 하나를 작업실로 꾸미기 위해 재봉틀과 고무판을 깐 작업용 테이블을 놓았다. 자 같은 도구들은 이미 갖고 있었기 때문에 이제부터는 옷을 디자인하고 본을 떠 샘플을 봉제하는 일만 남았다. 옷을 만드는 것 자체는 그리 어려운 일이 아니었다. 다만 얼마 지나지 않아 옷을 만드는 것만으로는 이 일을 계속할 수 없다는 것을 뼈저리게 깨닫게 되었다.

도내에 작은 공간을 빌려 첫 전시회를 열었다. 이를 통해 직접 디자인한 옷을 만들고 전시해서 주문을 받을 수 있다. 전시 작품은 셔츠, 원피스, 블라우스, 세 종류였다.

그전에 브랜드 이름도 정해야 했다. 당시엔 디자이너 이름을 그대로 사용하는 경우가 많았지만 '아키라 미나가와

■ 판자, 목재로 바닥을 깐 방을 의미하며 일본식 방과 다른 양식을 지칭하기도 한다.

(akira minagawa)'는 왠지 내키지 않았다. 혼자만의 생각이지만 적어도 100년은 계속 이어나갈 브랜드를 만들고 싶었다. 다시 말해, 창업한 디자이너가 없어도 오래도록 지속될 브랜드이길 바랐다. 그렇기에 나의 이름으로 브랜드명을 짓는 것은 스스로 그리는 미래와 어울리지 않았다.

핀란드어로 뭔가 좋은 말을 찾다가 당시 제국호텔 안에 있던 핀란드 관광국을 찾아갔다. 핀란드어 사전을 빌려 몇 시간이고 사전을 뒤적였다. 어렵게 후보들을 골라내 그 의미와 발음을 찾아보았다. 그러다 '미나(minä)'라는 단어가 눈에 들어온 것이다. 핀란드어로 '나'라는 의미였다. 단순한 철자와 짧은 소리가 마음에 들었다.

옷을 만드는 것도 한 사람의 '나', 옷을 입는 것도 한 사람의 '나'. 나라는 자아가 옷을 만들고 나라는 자아가 옷을 입는다. 따지고 보면 패션은 '나'다. 옷과 한 사람의 마음이 만나는 공간. 그렇게 '미나(minä)'가 탄생했다.

첫 매상 옷 10벌

처음 디자인한 옷들에는 화초 무늬를 담았다. 원단 생산은 하치오지에 있는 오하라직물에 부탁했다. 이곳에서 리피트(repeat)▪ 패턴을 만들기 위한 기본적인 구조와 기술을 배울 수 있었다. 화초 무늬가 멋지게 짜이는 모습을 보면서 원단을 직접 디자인해 옷을 만드는 것이 앞으로 내가 나아가야 할 방향임을 확신할 수 있었다.

가격은 원피스가 3만 8,000엔, 블라우스와 셔츠는 2만 8,000엔으로 정했다. 작은 갤러리를 빌려 세 가지 옷의 샘플을 전시하고 주문을 받을 예정이었다. 그러나 경험과 지식이 전혀 없던 나는 전시회 개최 소식을 누구에게 어떻게 전해야 할지 도무지 감이 잡히지 않았다. 우선 친구들, 문화

▪ 프린트 공정 과정에서 디자인 효과를 공장 생산에 적합하도록 적용하는 방법으로, 단일 디자인을 패턴화하는 것을 지칭하는 패션 용어.

복장학원 학생들과 선생님께 알렸다. 그렇게 미나 페르호넨의 창립기념일이기도 한 1995년 5월 22일에 첫 전시회가 열렸다. 전시회장을 빌릴 수 있는 기간은 고작 일주일이었다. 알고 지내던 갤러리 몇 군데를 돌며 홍보를 했다. 그렇게 해서 12월까지 받은 주문이 모두 합쳐 고작 10벌이었다. 매출 총액은 35만 엔. 그중 재료비 등의 경비를 빼고 나면 남는 것은 거의 없었다. 누구나 그렇듯 이 정도의 수익으로는 생활을 유지할 수 없다. 이런 상황을 타파하기까지 도대체 얼마나 많은 일을 하고, 얼마나 오랜 시간을 투자해야 할까. 한 치 앞도 내다볼 수 없는, 기약 없는 여정이 그렇게 시작됐다.

다음 해 하치오지섬유조합에서 주최하는 전시회에 참가하기로 했다. 이번 전시회에서는 원피스와 블라우스, 셔츠에 이어 티셔츠도 추가했다. 하치오지의 티셔츠 생산 공장과 거래를 시작했다. 원피스나 블라우스는 몰라도 티셔츠라면 사람들이 관심을 보일지도 모른다. 그런 시도도 필요하다고 생각했다.

전시회에서 받은 주문 중에는 긴자(銀座)에 편집숍을 개업할 예정이던 스즈야(鈴屋)라는 회사도 있었다. 스즈야는 1970년대 중반 패션몰의 선구자로, 아오야마 벨 코먼스(青山ベルコモンズ)▪를 만든 회사다. 무척 기쁘고 감사한 주문이

었지만 막상 판매를 시작하자 문제가 생겼다. 티셔츠의 추가 주문이 다섯 장, 열 장 단위가 아니라 고작 한 장씩 들어온 것이다. 여러 장씩 주문해주길 부탁해보았지만, 손님이 주문한 만큼 발주할 수밖에 없다는 대답만 돌아왔다. 실적이 없는 디자이너의 상품이니 어쩔 수 없다고는 해도 고작 한 장을 배달하기엔 그 부담이 컸다.

당시 지하철로 니시하치오지에서 긴자까지 배달하면 교통비가 왕복 1,380엔이었다. 5천 엔짜리 티셔츠 한 장의 도매가는 정가의 50%인 2,500엔. 거기에서 약 1,380엔의 교통비와 봉제 공임(工賃)▪▪을 빼고 나면 남는 돈은 겨우 50엔 남짓이었다. 이런 식으로는 다음에 만들 원단 값도 벌 수 없었다. 택배회사를 이용하려고 했지만 법인 계약이 안 되어 배송료가 비쌌기 때문에 수중에 들어오는 이익은 거의 비슷했다.

한 가지 색의 최소 생산량이 100장이고 4종류이기 때문에 공장에서 처음 생산한 티셔츠는 전부 400장이었다. 그렇게 좁은 방 안에는 상자만 잔뜩 쌓였다. 재고를 떠안는다는 것이 말이 아닌 현실로 다가왔다. 심지어 재고는 줄어들

▪ 1976년 대형 여성복 전문점 스즈야가 만든 패션 빌딩.

▪▪ 직공들에게 주는 품값.

기미도 보이지 않았다.

구마가야(熊谷)에도 거래를 하고 싶다는 매장이 나타났지만, 도매가를 40%까지 낮춰달라는 조건이 붙었다. 하는 수 없이 그 조건을 받아들여 거래를 시작했다. 자동차에 제품을 싣고 고속도로를 달려 하치오지에서 구마가야까지 직접 배달했다. 고속도로 요금뿐 아니라 기름값도 많이 들었다. 거래를 할 수 있다는 것만으로도 감사했지만 재고만 조금 줄어들 뿐 이익은 전혀 나지 않았다.

원피스와 블라우스가 몇 장씩밖에 안 팔리면 봉제 공임도 비싸진다. 발주 물량이 적으면 샘플 공임 가격으로 책정되기 때문이다. 샘플 공임은 통상 공임의 2~3배가 든다. 팔리지 않으니 어쩔 수 없었다. 조금이라도 공임을 줄이기 위해 재단은 스스로 했다. 염색공장에 다니면서 염료 가루를 계량하는 일도 도왔다. 신문 광고지를 잘라 저울에 올리고 그 위에 염료 가루를 얹어 무게를 재는 일이었다. 그 일을 하면서 원하는 색을 얻기 위해 어떻게 염료를 섞어야 하는지 배우며 많은 공부를 했다. 공장에 일이 있으면 기꺼이 도우러 가기도 했다. 공장 현장에서 일어나는 모든 것을 보고 들으며 내 것으로 만들어갔다. 시간은 충분했다. 할 수 있는 건 무엇이든 다 해보기로 마음먹었다.

그렇게 공장을 돕는 것이 내가 안고 있는 문제를 근본

적으로 해결해주지 않는다는 것쯤은 알고 있었다. 그래도 발로 뛰고 끊임없이 몸을 움직이면서 현장을 경험하는 것이 의미가 있다고 생각했다. '준코 코시노'의 파리 컬렉션에서 나의 첫 바느질이 시작된 만큼 직접 손을 움직이는 것에 대한 믿음은 흔들리지 않았다.

하지만 고작 이 정도의 주문량으로는 진정한 의미의 '일'이 될 수 없었다. 현실은 커다랗고 단단한 벽이 되어 내 앞을 가로막고 있었다.

시장에서 참치를 손질하다

독립 후 반년쯤 지난 어느 날 염료를 저울에 재다가 그 아래 깔려 있던 신문에서 어시장 구인광고를 보았다. 근무시간은 새벽 4시부터 점심시간까지였다. 하치오지 종합 도매시장에 있는 모치즈키수산의 구인광고였다. 하치오지의 초밥집이나 일식집, 배달 전문점이 매일 아침 쓰키지(築地)▪까지 가서 수산물을 들여오기란 여간 어려운 일이 아니다. 그래서 하치오지 종합 도매시장에서 쓰키지시장의 수산물을 들여와 판매하는 것이다. 그렇게 도매업을 하는 회사에서 생선을 손질할 사람을 모집했다. 일하는 시간대가 정해져 있고 점심시간 이후로는 내 마음대로 쓸 수 있었다. 지원하자 곧 채용이 결정되었다.

모치즈키수산에서 손질할 생선은 크게 참치와 참치 외

▪ 도쿄의 대표적인 수산물 거래시장인 쓰키지시장이 있는 곳.

생선으로 나뉘었고, 그중 나는 참치 담당이었다. 대부분 냉동 참치로 작은 건 20~30kg, 큰 것은 80kg 정도까지 있었지만 대부분 40~50kg이 가장 많았다. 보통 냉동 참치를 해체할 때는 전기톱을 사용했다. 배와 등을 둘로 나눈 후 그것을 다시 반으로 잘라 전체를 4등분했다. 이 4분의 1을 '1정(丁)'이라고 부르는데, 1정을 통으로 사가는 가게도 있었다. 참치 뱃살 부위를 3~4kg의 무게로 조각낸 것을 고로(コロ), 가장 최소 단위를 사쿠(サク)라고 불렀다.

물론 처음엔 아무것도 몰랐다. 참치 해체 장인인 스승님 옆에 붙어서 그의 지시대로 움직이는 것이 전부였다. "몇 번 참치 가져오너라"라는 지시에 따라 냉동실에서 참치를 꺼내 왔다. 참치 해체에서 가장 중요한 것은 참치의 중심이 어디에 있는지 파악하는 일이었다. 참치 뼈에 칼날을 바싹 붙여야 뼈에 살점이 남지 않도록 잘라낼 수 있다. 뼈의 위치를 제대로 파악한 후 손질할 수 있기까지는 오랜 시간과 경험이 필요하다. 어쨌든 시키는 대로 눈앞의 참치를 손질했지만 같은 방법으로 잘라도 그 결과물은 매번 제각각이었다. 그래도 매일 반복하다 보니 점점 손과 팔을 움직이는 방법이나 힘을 주는 방법, 잘라낼 포인트 등을 이해할 수 있었다. 그리고 언제부터인가 지시대로 척척 일을 해낼 수 있게 되었다. 나는 잡념 없이 집중해 참치를 해체하는 작업이 좋았다. 그 일은 나에게 잘 맞았다.

하치오지라는 위치답게 아르바이트생 중에는 대학생이나 수련을 하기 위해 일하는 초밥집 아들도 있었다. 그렇게 제각기 다른 사람들이 모여 서로 맞춰가며 일했다. 겉으론 거칠어 보여도 실은 마음씨 좋은, 짧은 파마머리의 사부와도 사이가 좋았다. 그는 내가 마음에 들었는지 월급에는 포함되지 않던 아침 식사도 종종 사주셨다. 새벽 4시부터 일을 시작하는 데다 상당한 육체노동이기 때문에 오전 6시쯤이 되면 배가 고팠다. 시장 안에 있는 식당에서 라면과 돈가스 덮밥, 이렇게 2인분이나 되는 양을 아무렇지도 않게 먹어치웠다.

내가 이혼을 한 건 시장에서 근무한 지 1년도 채 되지 않을 무렵이었다. 옷 매출은 늘어날 기미가 보이지 않고 한 치 앞도 알 수 없는 날들이 계속되었다. 오로지 아내의 수입만으로 가계를 꾸려나갔다. 그사이 어느새 '두 사람'이 함께하는 삶의 균형은 깨져 있었고 돌이킬 수 없는 지경에 이르렀다. 시장에서 버는 수입은 하루에 만 엔 정도로, 주 1회 휴무에 격주로 하루씩 더 쉬어 월 수입은 24만 엔 안팎이었다. 그조차 대부분 옷을 만들기 위한 재료비로 사라졌다. 결국 이혼을 하고 월세 8만 엔짜리 집을 나와 3만 4,000엔짜리 집으로 이사했다. 참으로 남루한 집이었다.

시장에서 번 수입으로 생활하고 오후부터는 옷을 만드는 일을 해나갔다. 그러니 모치즈키수산은 당시 나에게 무척 고마운 직장이었다. 게다가 참치를 손질하는 일은 나에게 잘 맞았다. 하치오지에서 살았기에 할 수 있었던 이 일은 나에게 깊은 인상을 남겼다.

모치즈키수산이 폐업한 2019년까지 연말이 되면 하치오지 시장에 들렀다. 올해 싱싱한 연어알이 들어왔다는 연락이 오면, 사원들과 거래하는 공장 사람들에게 답례하기 위해 연어알을 100kg 넘게 구입하기도 했다. 물론 거기엔 스승님에 대한 은혜를 갚고 싶다는 마음도 담겨 있었다. 연말마다 스승님을 만나 대화할 때면 항상 웃음으로 가득했다. 기쁜 일이었다. 그 어려운 시절에 시장에서 일할 수 있었던 것은 나에게 큰 행운이었다.

어시스턴트의 등장

브랜드를 시작한 1995년 12월부터 일주일에 몇 번씩 일을 도와준 사람이 있었다. 미나의 초창기 멤버, 나가에 아오이였다.

그녀는 무사시노미술대학 공간연출디자인학과 패션디자인 코스를 이수하던 학생이었다. 패션디자인 코스의 특강에 초대받은 직조공장 미야신의 사장이 젊은 패션 디자이너들과 교류하기 위해 준비한 모임에서 나가에를 처음 만났다. 나는 모처럼의 기회인 만큼 내 작업실에서 시장에서 산 참치 바비큐를 하며 이야기를 나누면 좋겠다고 생각했다. 그 준비를 도우러 온 학생들 중에 나가에가 있었다. 눈치 빠른 나가에는 정신없이 바쁜 바비큐 준비 중에도 많은 도움을 주었다. 집으로 돌아가기 전 나가에는 손수 만든 명함을 건네며 이렇게 말했다. "뭐든 도움이 필요한 일이 있으면 언제든지 불러주세요."

나중에 나가에에게 들으니 디자인에 관한 관심도 있었지만, 그보다는 나의 작업실 책장에 꽂혀 있던 책들을 보고 흥미를 느꼈다고 했다. 어떤 책들이 진열되어 있었는지 지금은 잘 기억나지 않는다.

나가에는 아이치(愛知)현 가스가이(春日井)시에 있던 서점 '북스 가에루' 점주의 딸로 그녀의 할아버지는 판화가이자 그래픽 디자이너셨다. 북스 가에루의 로고 역시 할아버지가 직접 그리신 것이었다.

혼자 운영하는 작업실, 게다가 주문도 손에 꼽을 정도로 적은 곳에서 도울 일이란 사실 별로 없었다. 그러나 지인에게 새롭게 디자인한 옷을 선보이는 자리에 와줄 수 있는지 물었을 때 나가에는 흔쾌히 와주었다. 결국 나가에는 일주일에 두어 번 작업실로 출근하게 되었다.

그렇게 나가에에게 맡길 만한 일을 고민하는 사이에 미나는 새로운 시작을 향해 꿈틀대고 있었다. 그 대표적인 예가 가방 디자인과 봉제였다. 현재 미나 페르호넨의 계란 모양 에그백이나 가로세로 길이가 20cm인 미니백의 디자인은 이 무렵 시작되었다. 가방의 봉제는 나가에가 담당해주기로 했다. 에그백이나 미니백이 새로운 손님을 불러올지도 모른다고 생각했다. 도매업체의 바이어가 가방을 보곤 매장에 두고 싶다고 할 정도로 반응은 나쁘지 않았다.

그 외에도 스트레이트스티치(straight stitch) 기법을 이용한 랩스커트(wrap skirt)■를 디자인하여 나가에에게 바느질을 맡겼다. 공장에 맡기지 않고 만들 수 있기 때문에 공임은 들지 않았다.

나가에 역시 바느질을 그리 잘하는 편은 아니었다. 그래도 나가에는 시작도 하기 전에 지레 겁먹고 주저하는 성격이 아니었다. '이건 내가 못 하는 일이야'라는 생각 자체를 하지 않는 듯했다. 봉제를 잘 못하기 때문에 오히려 계속해서 해나갈 수 있다고 생각하는 것이 나의 사고회로와 비슷했다. 하지만 그 의미는 조금 다르다. 나가에는 자신이 서 있는 곳이 막다른 곳이라고 생각하지 않았다. 이 이상 노력한들 의미가 없다며 포기하는 일도 없었다. 그녀가 이런 성격이 아니었다면 미나의 길고 힘든 시기를 이겨낼 수 없었을 것이다.

나가에가 작업실로 출근하는 날이 늘어났지만 그녀가 받는 대가는 교통비가 전부였다. 이런 조건으로 함께 일하자고 할 수는 없었다. 집에서 받는 생활비가 있다며 그녀는 아무렇지 않은 듯이 말했지만 졸업할 때까지 무급으로 일

■ 한 장의 천으로 만들어 몸에 감아 입는 스커트를 말한다. 옆을 꿰매지 않고 앞이나 뒤로 빗맞추어 입는다.

한 것은 나가에라서 가능한 일이다. 4학년이 되어서도 나가에는 취업 준비조차 하지 않았다. 다른 생각을 할 겨를이 없다는 핑계를 대며 계속 이곳에서 일하려는 것 같았다. 주변 친구들은 모두 취직이 결정된 모양이었다. 이대로는 안 되겠다고 생각했다. 조금씩이지만 매상은 늘어났다. 이제부터 나가에가 본격적으로 근무하게 되면 더는 나만을 위한 회사가 아니었다. 고심 끝에 2년 반 동안 해온 수산시장 일을 그만두기로 했다.

나가에가 대학을 졸업한 해의 4월부터는 무슨 일이 있어도 월급을 줘야 한다고 생각했다. 월급이라야 매출에서 재료비나 공임 등을 뺀 나머지 잔액에서 두 명분을 나눈 것이라, 노동의 대가로는 미안할 정도로 적은 액수였다. 나가에의 부모님께도 상사로서 인사를 드리러 갔다. 딸이 일하는 회사의 사장은 어떤 사람인지 직접 만나서 보여주는 편이 가족들도 안심할 것 같았다. 그들은 나를 따뜻하게 맞아주었고 어려운 사정도 이해해주었다. 함께 일하는 사람에 대한 책임을 진다. 이런 마음을 먹고 나서야 미나는 그다음 단계로 발을 내딛을 수 있었다.

그 무렵 세상에는 새로운 브랜드가 잇달아 등장하고 있었다. '꼼데가르송(COMME des GARÇONS)', '이세이 미야케(ISSEY MIYAKE)', '요지 야마모토(Yohji Yamamoto)' 등 유명 브랜드에서 일하던 젊은 스태프들이 속속 독립하여 자신의 브랜드를 출시했다. '케이타 마루야마(KEITA MARUYAMA)'며 '마사키 마츠시마(Masaki Matsushima)' 등 문화복장학원의 선배 격인 사람들도 새로운 움직임의 중심에 섰다. 아마도 나가에의 주변 학생들은 자신의 브랜드를 만드는 것이 손을 뻗으면 닿을 거리에 있는, 충분히 실현 가능한 목표라고 생각하지 않았을까. 나가에와 마찬가지로 무사시노미술대학에서 패션을 배우는 친구 몇 명이 미나를 도와준 적도 있지만 그만두지 않은 사람은 나가에뿐이었다. 아마 그 친구들은 언젠가 자신의 브랜드를 갖고 싶다고 생각했을 것이다. 그러니 그만두는 게 당연한 일이라고 생각했다.

나가에가 왜 남아 있었는지 그녀에게 직접 물어본 적은 없다. 굳이 추측해보면, 갓 태어난 병아리가 제일 처음 만난 상대를 어미라고 인식하듯 나가에 역시 미나를 그렇게 느꼈을지도 모른다. 내가 디자인한 옷이 마음에 든 것과는 별개로 그런 인식이 없었다면 계속 미나에서 일하는 것은 힘들었을 것이다.

대부분 보잘것없어 보이는 단순한 수작업이지만 과정이라는 시간이 차곡차곡 쌓여가는 것, 그것이 미나에서는 가장 중요한 것이었다. 그리고 그런 소중함을 느낄 수 있는 공간에 있다는 것. 이런 것들이 나가에의 마음을 풍족하게 만들었을지도 모른다. 말로는 좀처럼 설명하기 어려운 것들을 일상에서 함께 공유할 수 있다면 그 외에 무엇이 더 필요하겠는가. 그러다가 미나가 궤도에 오르기 시작해 그럭저럭 월급을 주게 되었을 때쯤, 무급으로 일하던 시기의 월급을 조금씩이라도 더 얹어주겠다고 하자 나가에는 말했다. "전 필요 없습니다. 앞으로 인력이 늘어날 테니 그들에게 줄 월급으로 쓰세요. 그래도 남는다면 월급 인상이 삶의 보람으로 직결되는 사람들에게 주세요." 그렇게 말하는 나가에의 얼굴에서는 거짓이나 가식의 빛이 조금도 느껴지지 않았다. 나는 그녀가 진심이라는 것을 단번에 알 수 있었다. 미나의 첫 번째 스태프가 나가에라는 것이 종종 사무치게 감사하다. 그렇게 오랜 시간 상하관계가 아닌 동료로서 함께 해왔다고 굳게 믿고 있다.

초창기 나가에가 한 일은 그야말로 멸사봉공(滅私奉公)▪이라 할 만했다. 물론 나중에는 나가에가 디자인한 액세서리와 가방도 만들게 되었으니 쭉 그래왔다는 건 아니다. 그렇지만 초창기 멤버가 자신의 이익보다 회사를 먼저 생각하고 미나의 미래를 '불안해하지 않는 사람'이라는 것에 대한 고마운 마음의 크기는 헤아릴 수 없다. 불안해하지 않는

▪ 사욕을 버리고 공익을 위하여 힘씀을 의미.

다고는 해도 미나가 성장해서 성공할 것이라는 선견지명이 있어 계속 견뎌온 것은 아니라고 생각한다. 앞을 내다봤다면 진작 그만뒀을 것이다. 초창기에는 나 자신조차 앞날을 전혀 예측할 수 없었다. 자금이 바닥나는 위기의 순간도 몇 번이고 있었다. 월급을 줄 수 없을 때마다 나가에는 태연한 얼굴로 이번 달은 괜찮다며 그녀가 먼저 월급을 마다했다. 당시에는 블랙 기업▪이라는 말이 자주 쓰이진 않던 시대였다. 무에서 유를 만들어내는 일에는 야근이라는 개념조차 없었다. 패션과 디자인 업계 어디나 마찬가지였다고 생각한다. 물론 지금은 그와 같은 방식으로 회사를 유지할 수 없을뿐더러 함께 할 사람도 없을 것이다. 그러나 그때는 그런 것이 가능했다. 다만 자신이 맡은 일을 망설임 없이 묵묵히 해나가던 나가에가 없었다면 미나는 끝끝내 버티지 못했을 것이다. 나가에 같은 사람은 어디에도 없었다.

자금은 소중하다. 돈이 없으면 일을 계속할 수 없다. 그러나 브랜드나 회사를 마지막까지 지탱하는 것은 결국 돈이 아니라 사람이다. 대체 불가능한 존재가 있느냐 없느냐가 무엇보다 중요하다.

▪ 고용 불안 상태에서 일하는 청년 노동자들에게 저임금과 장시간 노동 등 불합리한 노동을 강요하는 기업을 이르는 말.

중고차로 영업하기

조금씩이지만 매상은 늘어났다. 한번 판매를 시작하면 계속 거래를 이어가는 매장도 적지 않았다. 그 모습을 보고 어딘가에 우리가 만든 옷을 입어줄 사람이 분명 존재할 거라는 확신이 들었다. 이제는 슬슬 판로를 확장할 때가 된 것이다.

당시는 인터넷이라는 수단이 상용화되지 않았던 때다. 작은 브랜드가 웹사이트를 통해 직접 고객에게 물건을 파는 구조는 상상조차 할 수 없었다. 우리가 만든 옷을 팔아줄 가게를 늘리려면 직접 매장을 알아보는 수밖에 없었다. 실제로 옷을 보여주고 평가를 받아야 한다. 나는 직접 옷을 들고 영업을 다니기로 했다.

열여덟 살에 3년 대출을 받아 시트로엥 2CV를 중고로 장만했다. 예전부터 자동차를 좋아했기 때문에 면허를 따자마자 가격이 저렴한 차를 어렵게 손에 넣은 것이다. 배송은 2CV를 이용했지만 판로를 확장하는 영업에까지 이용할 생각은 없었다. 그러나 차가 있으면 옷을 싣고 어디에라도 갈 수 있다. 나는 2CV에 미나의 옷을 싣고 동북 지방으로 향했다. 정해진 목적지가 있지는 않았다. 지금이야 인터넷 검색으로 가게 후보를 정하고 메일로 약속을 잡아 방문할 수 있지만 그때는 그럴 수단이 없었다. 도호쿠자동차도(東北自動車道)를 타고 북쪽으로 쭉 올라가 신칸센이 정차하는 역 주변으로 향했다. 시내를 빙빙 돌면서 주변을 살피다가 미나의 옷을 취급해줄 것 같은 가게를 발견하면 무작정 들어갔다.

인사도 하는 둥 마는 둥 하고 대뜸 말을 건넸다. "저희 옷 한 번 봐주실래요?" 전화로 미리 약속한 것도 아닌 데다 들어본 적도 없는 국내 브랜드의 옷이었다. 반응은 대부분 냉랭했다. 그땐 센스 있는 가게라면 외국 브랜드의 옷을 들여놓는 것이 유행이었다. 라이선스를 얻은 전문 업체가 국내에서 봉제한 외국 브랜드옷이나 수입해온 정품 옷들이 인기를 끌었다. 편집숍이 막 등장했을 무렵으로 '빔스(BEAMS)'나 '유나이티드 애로우즈(UNITED ARROWS)' 같은 회사들이 체인점을 만들던 시기이기도 했다. 그러니까 지방이라 팔리지 않는다는 것은 선입견에 불과했고 지방 도시에도 세련된 가게가 얼마든지 있었다. 그중에는 고정 고객을 확보한 곳도 있었다. 하지만 여전히 외국 브랜드에만 관심이 집중될 뿐 국내 브랜드의 인기는 추락하고 있었다. 어느 가게를 가도 그야말로 문전박대를 당했다. 다짜고짜 가게에 들어와서는 옷을 봐달라고 하니, 지금 생각하면 그런 대우도 당연한 일이었다.

그러나 그때는 잘 몰랐다. 우리의 옷이 그들의 눈에 매력적으로 비치지 않았는지 아니면 애당초 영업 방식이 잘못되었는지, 무엇이 문제인지 판단할 근거조차 부족했다. 그만큼 아무런 소득이 없었다. 고리야마(郡山)에서 성과를 얻지 못하면 센다이(仙台)로 갔다. 잘 될지도 모른다는 일말의 가능성을 포기할 수 없었다. 센다이에서 실패하면 그다음은 모리오카(盛岡)로, 그렇게 점점 북쪽으로 향했다. 하지만 동북 지방으로 간 출장 영업에서 거래에 성공한 가게는 한 곳도 없었다. 맨땅의 헤딩으로 시작한 이번 영업은 완전한 실패로 끝났다. 나는 미나의 옷을 들고 2CV를 몰아 다시 도쿄로 돌아왔다.

Photo by Manami Takahashi

Tokyo materiaali

Photo by Norio Kidera

Tokyo neutraali

Photo by Hua Wang

Photo by Norio Kidera

Kyoto

Photo by Makoto Ito

Kyoto galleria

◳

◫ ◳ Photo by Makoto Ito

Kyoto neutraali

Photo by Makoto Ito

Photo by Kazuhiro Shiraishi

Nagano Matsumoto

◫ ◫ Photo by Takumi Ota

Kanagawa koti

Photo by Takumi Ota

5

직영점을 오픈하다

유럽에서의 영업

동북 지방에서 별다른 성과를 얻지 못했지만, 우리는 계속해서 자동차로 영업을 이어갔다. 관서 지방인 교토(京都)와 오사카(大阪), 고베(神戸)까지 돌아보았지만 역시나 주문은 들어오지 않았다.

나가에와 둘이서 유럽에도 다녀왔다. 슈트 케이스에 원피스와 블라우스를 잔뜩 채워넣고 핀란드의 헬싱키에서 시작해 스웨덴의 스톡홀름, 벨기에의 브뤼셀과 앤트워프를 거쳐 최종 목적지인 파리에 도착하는 일정. 나에게 익숙한 도시를 중심으로 돌아보는 약 2주간의 여행이었다. 교통은 유레일패스를 이용하고 유스호스텔에 머무는 등 가난한 여행인 점은 학생 때와 다르지 않았다.

슈트 케이스를 직접 드르륵드르륵 끌고 다녔다. 괜찮은 가게를 발견하면 들어가 자기소개를 하고 가방을 열어 미나의 옷을 보여주었다. 일본에서 영업할 때와는 반응이 확연히 달랐다. 그들은 진지하게 옷을 살펴보고 감상을 말해 주었다. "멋진 옷이네", "짜임이 예쁜걸", "바느질을 잘했네" 등 어딜 가도 긍정적인 반응뿐이었다. 지금 생각해보면 외국에는 방문영업 자체가 없기 때문에 그저 그 상황이 신기했는지도 모른다. 기본적으로 가게에 있는 사람은 판매원이지 바이어가 아니기 때문에 새로운 옷을 구매할 권한도 없었다. 그래도 그들은 우리를 쫓아내지 않고 정성껏 옷을 봐주었다. 혹 거래를 시작한다 해도 가격은 얼마로 하면 좋을지, 유통과 통관 수속은 어떻게 해야 할지 미리 생각해두지 않았다. 때문에 정작 거래를 위한 구체적인 이야기를 시작했다고 한들 그들은 우리의 무지함에 깜짝 놀랐을 것이다.

나가에는 여행 내내 미나의 옷을 입었다. 거리에서는 지나가는 사람들이 그녀의 옷을 보고 말을 붙이는 일도 있었다. 그들은 환한 얼굴로 옷이 예쁘다며 매장 위치가 어디냐고 물었다. 우리가 파리에 도착했을 때는 패션위크가 한창이었다. 나가에가 입은 미나의 옷이 거리에서 박수를 받는 일도 있었다. 그런 일들이 쌓이자 자신감이 생겼다. 눈에 띄는 특징이 있는 옷도 아니지만 어쩐지 눈길이 가고 뭔가 독특한 느낌을 주는 것 같았다. 미나의 옷이 패션에 관심이 많은 사람들에게 '뭔가 다른' 인상을 주고 있었다. 그들의 표정과 목소리에서 그런 기색을 느낄 수 있었다. 그러나 호감은 얻었을지 몰라도 실제로 옷을 팔지는 못했다. 물론 의미가 아주 없지는 않았다. 유럽 여행을 통해 자신감을 얻은 우리는 이제 필요한 건 세상에 우리를 알릴 어떠한 '계기'라는 생각이 들었다.

1996년 가을-겨울 시즌의 전시회를 열었다. 당시 전시 공간으로 소개받은 곳이 에비스의 임대 갤러리 P-house였다. 임대료는 하루 5만 엔이었다. 우리의 예산으로는 비싼 가격이지만 1층에 카페도 있고 장소도 마음에 들었다. 개인 작가의 전시 공간으로 주목받는 갤러리였기 때문에 과감히 임대를 결정했다. 다만 약간의 협상을 했다. 전시 첫날 자정부터 기재 반입과 준비를 시작해 오전 10시에는 전시회를 시작할 수 있도록 허락받은 것이다. 설치를 하기 위해 하루를 더 낭비할 여유조차 없었다. 유나이티드 애로우즈, 빔스, 베이크루즈 등의 편집숍과 백화점 바이어들, 그리고 패션 잡지 편집부에도 초대장을 보냈다. 나가에의 무사시노미술대학 친구 몇 명이 전시회 준비를 도와줬다. 그중에는 현재 그래픽 디자이너로 활약 중인 기쿠치 아츠키 씨가 있었다. 미나의 그래픽 디자인은 처음부터 그가 맡아주었다. 얼마 되지 않는 시간 동안 DIY숍에서 재료를 구입해 멋지게 전시회장을 꾸며준 친구도 있었다. 그렇게 밤새 설치를 마치고 옷만 갈아입은 후 곧바로 전시회를 시작했다.

친구나 지인들이 와주었지만 바이어는 겨우 두세 명뿐이었다. 그마저도 얼굴만 잠깐 비추고 떠났다. 저녁 8시가 되도록 주문은 없었다. 첫날은 그렇게 끝이 났다. 기다리고만 있어선 안 되겠다는 생각에 바이어들에게 직접 전화를 걸었다. 한번 보러 와달라고 부탁했다. 시간이 나면 가겠다고 해놓고 오지 않는 사람도 있었다. 그저 비판만 늘어놓다 가버리는 사람도 있었다. 네모난 무늬로 수놓은 자카드▪ 원단에 무늬와 어울리도록 사각 단추를 단 옷이 있었는데, 그 옷을 보고 "네모난 단추는 안 돼"라고 말했다. 감상은 그게 끝이었다. 사각 단추가 왜 안 되는지 이유나 근거를 댄 것도 아니고 주문도 하지 않았다. 씁쓸한 마음으로 듣고는 있었지만 당시 나에겐 반박할 기운도, 할 수 있는 말도 없었다.

한편 이세탄백화점의 바이어도 방문해주었다. 지금은 고인이 된 후지마키 유키오 씨였다. 그는 신주쿠 본점에 '해방구'라는 전시 공간을 만들어 신인 크리에이터의 브랜드를 전시 판매하고 있었다. 외국 브랜드가 주류였던 시절, 우리 같은 국내 독립 브랜드에도 적극적으로 관심을 쏟아준 것이다. 그런 흐름 덕분에 전시회에서 첫 주문을 받을 수 있었다. '버리는 신(神)이 있으면 구하는 신이 있다'는 속

▪ 여러 색의 실을 사용하여 무늬를 짜낸 원단.

담이 떠올랐다. 그럼에도 여전히 내 눈앞에 놓인 현실은 어두웠다. 생계를 이어 나갈 수 있는 숫자에는 전혀 가까워지지 않았다.

지금에서야 전시 판매가 잘 되지 않은 이유를 알 것 같다. 당시 전시된 옷은 30점 정도였다. 같은 블라우스와 원피스에 미묘한 색 차이를 두어 전시 구성에 변화를 주었다. 그러나 문제는 모두 같은 사이즈였다는 점이다.

나는 문화복장학원에 다닐 무렵, 주문제작 모피 전문점에서 몸에 맞는 디자인을 배웠고 그 훌륭함을 깨달았다. 그 영향으로 내가 만든 옷에는 그곳에서 배운 것들이 반영되어 있었다. 당시 미나의 옷은 나가에가 착용 모델이기 때문에 나가에가 입었을 때 예쁜 실루엣을 기준으로 만들었다. 나가에는 날씬한 편이라 사이즈는 다소 작게 만들어졌다. 그 결과 전체 사이즈 또한 나가에의 체형에 맞게 한 가지로 만들어졌다. 만약 그때로 돌아가 나에게 충고한다면 색상 수를 줄이고 다양한 사이즈를 만들라고 권해줄 것이다. 색상 수를 늘려봐야 매장에서는 모든 색을 주문하지도 않을 테니 사이즈를 다양하게 만드는 편이 좋다고 말이다.

전시회를 마치고 정산을 해보니 전체 주문 금액은 300만 엔 정도였다. 한 종류 옷에 따른 주문 수량이 적으니 공임도 비싸졌다. 제조 원가를 빼 100만 엔 정도가 남는다고 하더라도 다음 제작을 위한 원단을 준비해야 한다. 다시 말해 생활비에 여유는 생기지 않았다. 이래서는 한 시즌, 그러니까 반년을 버티기에도 빠듯했다. 그럼에도 나가에는 금전적인 불안은 절대 입에 담지 않았다. 간단히 만들 수 있는 랩스커트나 미니백을 만들어 거래처에 보여주는 등 조금이라도 돈이 되는 일들을 꾸준히 해주었다.

아사가야(阿佐ヶ谷)의 작업실

아사가야역 근처에 나가에 친구의 친척이 소유한 빌딩이 있었다. 한 층의 면적은 20평 정도로, 층마다 임차인을 한 명만 받는다고 했다. 그 건물의 한 층을 2년 계약으로 월 6만 엔에 빌릴 수 있다는 이야기를 들었다. 다만 공용 공간의 청소와 전기 계량기 관리가 조건이었다. 3년 이후부터 임대료는 그 두 배인 12만 엔으로 올랐다. 어려운 우리의 사정을 잘 알고 있어 '2년 동안 돈을 벌어 새로운 곳으로 이사를 가라'는 격려 겸 호의였을 것이다. 당시 나는 막 재혼한 참이었다. 크리에이티브한 일을 하는 상대와는 경제적으로나 심리적으로나 서로 지지해주는 관계였기 때문에 어느 한쪽에 경제적인 부담을 강요하는 일은 없었다. 작업실 이전이 결정되어 집도 아사가야 근처 오기쿠보(荻窪)로 옮기게 되었다. 그 무렵은 짐칸이 달린 삼륜 오토바이가 나의 다리를 대신했다. 오모테산도(表参道)까지 옷을 배송하는 데도 이용하고 있었다.

바로 그 무렵 유나이티드 애로우즈나 이세탄백화점에서 주문이 늘기 시작했다. 참고 견디면 복이 온다고 했던가. 설립한 지 4년이 지나자 톱니바퀴가 조금씩 맞물리기 시작했다. 주문 수가 뚜렷하게 상승세로 돌아섰다. 아사가야의 월세 6만 엔짜리 작업실로 들어간 지 2년이 되던 무렵, 그룹 준(JUN)▪의 '아담 에 로페(ADAM ET ROPÉ)', '베이 크루즈'와의 거래도 추가됐다. 처음 한두 점포의 규모로 거래하던 유나이티드 애로우즈는 모든 점포로 규모를 확장하겠다는 연락을 해왔다. 유나이티드 애로우즈와 처음 거래를 시작했을 때보다 매출이 10배가량 증가했다. 정신을 차려보니 어느새 한 시즌에 1,000만 엔 정도의 주문을 받고 있었다. 제조 원가를 빼도 이 정도라면 어떻게든 생계는 유지해나갈 수 있다.

아사가야에 있을 때는 작업실에서 전시회를 열었다. 한번은 패션잡지 〈소엔〉의 편집장이 편집자와 함께 방문했다. 〈소엔〉의 편집자는 형지(型紙)를 부록으로 제공하는 특집을 기획하고 있었는데 그 특집에서 미나의 옷을 다루고

▪ 1958년 설립 후 의류 사업을 주력으로 하는 일본의 주식회사. 패션 제품뿐만 아니라 건축, 방송제작, 레스토랑 등 다양한 분야의 사업을 진행 중이다.

싶어 했다. 그런데 전시회 직후 "미나라는 브랜드는 단발성 특집보다 매월 연재로 다루는 게 좋겠다"며 연재를 결정했다. 아동복 잡지 〈세사미(SESAME)〉에서도 아이들의 옷을 디자인해달라는 의뢰가 들어왔다. 우리에게는 아동복에 어울리는 무늬가 그려진 섬유도 꽤 있었고, 예쁜 옷을 입었을 때의 기억은 아이에게 오래도록 남을 거라는 생각에 기쁜 마음으로 받아들였다. 이때 만든 아동복은 큰 호평을 얻어 많은 사람이 찾았다. 그리고 얼마 지나지 않아 미나가 본격적으로 아동복 디자인을 시작하게 된 계기가 되었다. 아동복은 디자인하는 과정이 즐거운 품목으로 중요하게 생각하는 작업 중 하나다.

아사가야의 작업실에서는 나가에의 친구들이 각자의 일을 끝내고 밤에 찾아와 티셔츠 포장이나 쿠션에 솜 넣는 작업 등을 도와주었다. 아르바이트비 없이 답례로 밥을 사는 정도였는데도 기꺼이 도와주는 게 고마웠다. 북디자인을 주로 하는 인기 디자이너 나쿠이 나오코 씨도 아사가야의 작업실에 종종 놀러왔다. 그녀는 나가에의 졸업 작품을 사준 무사시노미술대학의 동창생으로 당시에는 광고대행사 아트 디렉터였다. 언론 관계자이자 미나 페르호넨과 협업 관계인 PR회사의 대표인 다케가타 나오코 씨에게 나가에는 미나의 옷의 모델을 부탁하기도 했다. 친구들에게는 아오짱이라고 불리는 나가에. 그녀에게는 사람을 끌어당기는 신비로운 힘이 있었다. 정신을 차려보니 그때 우리를 도와준 사람들 대부분이 지금은 각자의 세계에서 에이스로 활약하고 있다. 나는 자랑스러운 눈으로 그들의 모습을 지켜보고 있다.

시로카네다이(白金台)의 직영점

하치오지에서 미나를 시작한 지 5년이 흘렀다. 어느새 나도 서른세 살이 되었다. 첫 딸도 태어났다.

그 무렵 직영점을 내고 싶다는 생각이 들었다. 옷 주문량이 늘면서 차츰 머릿속에 떠오른 생각이다. 미나의 독립적인 매장을 만들고 싶다는 현실적인 계획이었다.

왜 직영점일까. 편집숍이나 백화점을 통해 옷을 파는 것은 상대에게 의지하는 것과 같다. 우리의 옷을 주문할지 말지는 바이어가 선택한다. 거래처도 일종의 회사이기 때문에 담당자가 바뀌면 대응 방법이 바뀌기도 한다. 상대 회사에 문제가 생길 수도 있다. 이렇게 우리가 만든 옷을 다른 누군가에게 맡기기만 해서는 외부의 영향으로 이 일을 계속해나갈 수 없을지도 모른다. 미나의 옷을 내 가게에서 직접 판매한다. 손님과 대화도 나눈다. 그런 공간을 만들면 더 명확하게 보이는 것들도 있을 것이다. 지금 이 시점에서 직영점을 열어야겠다고 나는 생각했다.

그러면 어떤 매장을, 어디에 차릴 것인가. 긴자나 오모테산도에 매장을 차릴 예산은 없었다. 그럼에도 적당히 타협하며 장소를 고르고 싶지도 않았다. 일부러 외출해서 방문하고 싶어지는 곳에 매장을 열고 싶었다. 주변이 산책하기 편한 환경이면 좋겠다고 생각했다. 처음에는 가구라자카(神楽坂)나 진구마에(神宮前) 주변을 직접 발로 뛰면서 물건이 있는지 조사했다. 거리의 정취는 좋았다. 하지만 예산이 맞으면서 마음에 드는 공간을 찾기는 힘들었다.

쉽지 않은 일이었다. 그렇게 고민하는 사이 시로카네다이(白金台)에 괜찮은 물건이 있다는 소식을 들었다. 시로카네다이의 큰길에서 한 블록 들어간 곳이었다. 직접 확인해보니 시로카네다이 사거리에서 가까운 위치였다. 자연교육원이나 정원미술관에서도 걸어갈 만한 거리였다. 당시엔 메구로(目黒)역이 가장 가까웠다. 메구로역에서 시로카네다이까지 걸어가면 조금 먼 느낌이 들지만, 몇 개월 후면 시로카네다이역이 완공되어 미타선과 난보쿠선을 이용할 수 있었다. 그럼 역에서 도보로 걸리는 시간은 기껏해야 3~4분. 빌딩은 3층 건물이었다. 길가에 접한 가로로 긴 빌딩으로 중앙부에 비교적 완만한 계단이 있었다. 1층과 2층은 점포로, 3층은 사무실로 임대될 예정이었다. 1, 2층의 점포가 아니라 3층의 사무용 물건이 눈에 들어왔다. 엘리베이터가 없어 계단으로 올라가야 하니 일반적으로는 점포에 적합하지 않다. 거리를 지나는 사람들은 창 너머 디스플레이에 이끌려 옷 가게에 들어간다. 3층이라면 이런 효과는 기대할 수 없다. 손님과의 우연한 만남은 거의 없다고 봐야 한다.

그럼에도 장소와 환경이 마음에 들었다. 미나의 매장을 찾아오면서 마주하는 거리의 풍경도 중요하다고 생각했다. 이곳이라면 오갈 때 정원미술관이나 자연교육원에 들를 수도 있고 괜찮은 레스토랑이나 카페에서 식사를 할 수도 있다. 단순히 근접성과 편리함만 고려할 것이 아니라 매장의 주위 환경에 따라 옷을 고르는 경험을 더 풍부하게 만들 수도 있지 않을까. 문제는 월세였다. 1층이나 2층보다 평 단가가 낮았지만 기존 작업실의 월세보다 몇 배나 비쌌다. 제3자가 객관적으로 보면 무모하고 성급한 변화임에 틀림없다. 그럼에도 나는 미나의 첫 직영점을 이곳으로 결정했다. 직감이라고밖에 설명할 수 없는 일이었다. 경영학적 근거가 미약한 결단이었다.

예금통장에는 보증금과 개업에 필요한 비용을 충당할 잔액이 없었다. 처음으로 국민금융공고에서 500만 엔을 빌리기로 했다. 인테리어 공사는 지인들에게 소개받아 원가 수준의 비용으로 해결했다. 여기에 매장을 운영하기 위한 인력 수당도 필요했다. 점장과 판매원을 구해야 했다. 나와 나가에 둘만으로는 매일 매장을 관리할 수 없다. 옷 만들기에 소홀해진다면 그야말로 본말이 전도된다. 우리 둘이던 사원을 적어도 대여섯 명으로 늘려야 했다. 두 사람의 급여를 겨우 변통할 수 있는 단계에서 직원을 지금보다 세 배 늘린다는 건 회계 차원에서 보아도 말도 안 되는 일이었다. 당시 경리 담당은 나였지만 장부 기입 같은 건 아내의 도움을 받았다. 예산을 얼마나 쓸 수 있는지에 대한 사업계획 같은 것도 없이 그저 예금통장에 적힌 숫자를 보면서 스스로 판단했다. 창업 후 5년이 지난 시점에도 여전히 주먹구구식인 것이다. 하지만 반대로 이런 식이 아니었다면 직영점을 차릴 생각은 꿈에도 할 수 없었을 것이다.

직영점의 시작을 함께한 두 스태프는 지금도 미나 페르호넨에서 일하고 있다. 점장을 맡은 이시자와 게이코는 직접 양복을 디자인하고 만드는 사람이었다. 구니타치(国立)에 있는 편집숍에서 자신이 만든 옷을 판매하고 있었다. 그 편집숍은 미나의 옷도 취급하고 있어서 크리스마스 파티에서 처음 만났다. 그때부터 이시자와는 미나의 옷이 마음에 든다며 작업실에도 자주 놀러 왔다. 인품도 훌륭하고 미나의 옷에 대한 이해도 깊었다. 점장을 부탁한다면 이 사람밖에 없다고 생각했다. 게다가 이시자와에게는 밝은 아우라가 있었다. 고생을 고생이라고 생각하지 않는 타입으로 나가에와도 비슷한 부분이 있었다.

일하는 보람을 무엇으로 치환할지 생각하는 것은 꽤 어려운 일이다. 단순히 고용되어 월급을 받는 것만이 목적이라면 자신이 받는 노동에 대한 대가가 '합당한가, 아닌가'만 생각하면 된다. 그 자체는 정당한 일이다. 그러나 대가라는 것은 일을 하면서 느끼는 기쁨으로 얻는 편이 좋다고 생각한다. 그 순서가 뒤바뀌면 아무리 일을 해도 불만은 사라지지 않는다. 이런 생각은 인생관과도 연결된다. 나와 궁합이 잘 맞는 직장을 찾을 수 있다는 보장은 어디에도 없다. 안타깝지만 인정해야 할 부분이다. 다만 눈앞에 놓인 일을 어떤 방식으로 생각하느냐에 따라 일할 때의 고충이나 대가에 대한 감정도 달라진다. 이 점을 알아두면 좋지 않을까.

직영점을 시작할 때 우리를 움직이게 만든 것은 노동에 대한 대가로 설명할 수 있는 것이 아니었다. 관련된 모든 사람이 나와 같은 생각으로 함께해 준 것을 지금도 깊이 감사하고 있다. 이시자와는 자신의 브랜드 일도 계속했다. 그래서 당장은 한 달에 17일만 점장을 맡아주기로 했다. 그렇더라도 마음이 든든했다. 시작 당시의 시로카네다이의 매장은 커튼으로 공간을 나누어 점포, 작업실, 창고로 썼다. 매장에서 사용하는 박스나 집기들은 아내가 DIY로 만들어주었다. 나 역시 작업실에만 있는 게 아니라 접객이나 회계 일을 거들기도 했다. 모두가 분담해서 매장을 보살폈다. 판매 담당자는 난부 후미코였다. 이시자와의 친구로 카페에서 하던 일을 그만두고 이곳에서 일하기로 했다. 난부는 현재 미나의 판매 관리 책임자이기도 하다. 오픈 직전까지 매장의 개점 준비는 계속 이어졌다.

그리고 드디어 개업 당일이 되었다.

잔고 5만 엔

시로카네다이이점 개업 당일 예금통장 잔고는 5만 엔이었다. 더구나 국민금융공고에서 500만 엔을 빌린 상태였다. 이제부터 직영점 판매로 잔고를 늘리는 수밖에 없었다. 안 팔리면 월급은 물론 당장 원단도 살 수 없다. 월세도 못 낼지 모른다. 미나가 망할 수도 있다. 물론 나가에 역시 통장 잔고가 얼마인지 알고 있었다. 이시자와에게도 이 사실을 전했다. 그럼에도 나가에는 '잘 안 되면 어떡하지?'라는 생각은 좀처럼 하지 않는 것 같았다. 불안한 기색조차 없었다.

통장 잔고 5만 엔으로 직영점을 오픈한 그날의 광경은 잊을 수가 없다. 개업 전날 천둥 번개를 동반한 비바람이 거세게 불어 10월치고는 쌀쌀한 날씨였다. 2000년 10월 10일 화요일, 드디어 개업 당일이 되었다. 오전에도 여전히 빗방울이 후드득 떨어졌다. 나는 아무래도 비를 몰고 다니는 남자인가 보다. 그 후에도 새 매장을 열 때마다 비나 눈이 내리기 일쑤였다. 춥거나 더운 건 그나마 낫다. 비나 눈이 내리면 옷을 사고 싶은 마음이 싹 사라진다.

오픈 시각이 되었다. 시작은 썩 좋지 않았다. 오후에는 완전히 비도 그치고 날씨도 따뜻해졌지만 손님 수는 그다지 늘지 않았다. 계속 이 상태면 어쩌나 내심 불안했다. 수요일과 목요일에도 같은 상태가 이어지다 금요일이 되어서야 손님이 조금씩 늘기 시작했다.

오픈 파티가 있던 주말, 친구나 지인도 많았지만 그들이 데리고 온 듯한 처음 본 손님도 꽤 있었다. 그 때문인지 가게 안은 알 수 없는 열기가 넘쳐흘렀다. 꽃이나 과자를 선물로 가져오거나 이 날을 고대했다며 웃는 얼굴로 인사를 건네는 사람도 있었다. 덕분에 옷도 잘 팔렸다.

이 주말을 기점으로 매장에 대한 소문이 퍼지기 시작했는지 그다음 주부터는 손님이 눈에 띄게 늘었다. 오랜 시간 매장 안을 둘러보면서 몇 번이고 옷을 꼼꼼히 살펴보는 사람들이 눈에 들어왔다. 정산을 해보니 도저히 하루 매상이라고는 믿기지 않는 숫자가 나왔다. 100만 엔에 가까운 매상을 올리는 날도 있었다. 놀라울 따름이었다.

이 숫자는 어떤 의미일까. 마침 패션잡지 〈소엔〉의 연재도 시로카네다이점 개업과 동시에 시작되었다. 양쪽으로 두 페이지 분량에 미나의 패션 사진과 함께 나의 800자 에

세이로 구성되었다. 후에 이 원고들을 정리해《여행의 조각》이라는 책을 펴내기도 했다. 이 연재는 15년 동안 이어졌다. 〈소엔〉의 영향력은 대단했다. 연재가 시작되자 전국적으로 인지도가 높아지고 미나의 제품을 취급하는 매장도 나날이 늘어갔다. 이 무렵이 되어서야 비로소 내가 한 달에 20만 엔(아내가 있어 다른 사람보다 많이 받았다), 나가에가 15만 엔을 받을 수 있게 되었다. 패션지에서도 신인 디자이너로서 자주 이름을 올리게 되었다. 그중엔 자수성가형 신인 디자이너로서 직영점을 운영하는 드문 케이스로 소개되기도 했다.

이전보다 미나가 주목받게 되면서 얻을 수 있는 정보도 다양해졌다. 손님들 중에는 이세탄백화점이나 유나이티드 애로우즈, 아담 에 로페, 베이크루즈에서 미나의 옷을 산 사람이 많았다. '새로운 매장에는 어떤 옷이 있을까? 다른 옷도 입어보고 싶어' 하는 마음으로 시로카네다이까지 발걸음을 옮긴 것이다.

당시는 SNS가 없던 시대라 확인은 할 수 없지만 사람들의 입소문도 큰 영향을 끼쳤을 것이다. 시로카네다이에 있는 매장을 방문해서 옷을 구경한 사람, 구입한 사람, 입어본 사람의 생생한 감상이 사람들 사이에서 퍼져나간 것은 아닐까. 미나의 옷을 입고 있는 사람에게 어느 브랜드인지 물어보는 경우도 있었을 테지. 매장을 여는 것이 날이 갈수록 점점 기대됐다. 손님이 끊긴 날은 없었다. 자연히 새로운 옷을 만들고 싶다는 마음도 커져갔다. 한 달 매출이 이전 6개월치 매출에 육박하게 되었다.

직영점을 여는 것은 역시 큰 의미가 있었다. 우리가 만든 공간에서 직접 손님을 맞이하고 그들에게 우리의 옷을 어떻게 전할지 고민하는 것. 그리고 손님과의 접점을 만드는 것. 직영점에서 경험하는 모든 것이 향후 우리 브랜드가 가져야 할 이상적인 자세의 기본 원칙으로 작용했다.

내가 매장에 나가 손님에게 직접 옷감이나 봉제에 대해 설명하기도 했다. "오래 입어주세요. 수선도 해드릴게요"라는 말도 덧붙였다. '추억이 담긴 옷' 같다는 이야기를 들었다. 옷의 무늬나 실루엣이 향수를 불러일으킨다는 평도 많았다. 그것은 최신 유행하는 옷을 입는 데서 오는 즐거움과는 별개의 것이다.

최신 트렌드 패션에는 긴장감이 배어 있다. 그러나 미나의 옷은 한 시즌만에 사용 가치가 사라지지 않기를 바랐다. 할인 판매를 하지 않기로 마음먹은 것도 미나의 옷이 한 시즌 만에 제 역할을 잃고 마는 옷이 아니라는 생각 때문이었다. 오래 입어 해지거나 단추가 떨어지면 미나에서 수선해드린다. 결코 저렴하지 않은 옷을 사 입는 손님들이 가진 미나의 옷에 대한 신뢰를 손상시키고 싶지 않았다. 시즌이 끝나면 제 역할이 끝나고 가격도 떨어지는 유행을 따르는 옷. 그것은 미나가 추구하는 길이 아니었다. 미나의 옷을 찾아주는 손님들과는 시즌마다 끝이 나는 긴장관계가 아니라 언제까지나 변하지 않는, 안정적이고 친밀한 관계를 맺고 싶다는 생각이었다.

꽤나 열성적인 손님들의 의견도 있었다. 미나의 옷을 취급하는 매장이 더 이상 늘어나지 않으면 좋겠다는 것이다. 나에게 직접 그런 이야기를 꺼내는 손님도 종종 있었다. 그럴 땐 찍어내듯 무턱대고 많이 만들 생각은 없지만 적어도 입고 싶어 하는 손님들의 몫은 만들고 싶다는 생각을 전했다.

늘어난 직영점 판매량과 도매업체의 주문, 공장의 최소 생산량까지 고려하면서 생산할 제품 수를 결정하는 일은 점점 어려워졌다. 판매량이 적은 과거에는 제품 수의 큰 변동이 없었다. 하지만 갑자기 판매량이 늘어난 만큼 대량 생산을 하면 역으로 팔리지 않아 재고가 쌓일 가능성도 있다. 더욱이 할인 판매할 계획도 없기 때문에 재고를 떠안게 될 리스크도 크다. 공장의 최소 생산량에 맞춘 큰 원단을 전부 쓰면 생산량이 지나치게 많아지는 경우도 있다. 그런 상황을 피하기 위해 필요한 만큼만 옷을 만들고 남은 옷감으로 소품을 만들었다. 예를 들어 천에 수를 놓아 형태와 용도를 바꾸면 다른 옷감이 되는 것이다. 옷감이 남지 않도록 다양한 용도를 생각하는 데 새로운 옷을 디자인하는 것만큼의 에너지를 쏟았다. 패션 업계에서는 할인 판매를 해도 팔리지 않으면 남은 것은 폐기해버린다. 재고 원단이나 샘플도 마찬가지다. 최근에는 이러한 폐기 문제를 개선하려는 움직임이 있지만 당시에는 큰 문제가 되지 않았다.

나는 그러고 싶지 않았다. 논리적 이유가 있다기보다는 감정적으로 폐기는 할 수 없었다. 남기지 않으려는 성향은 어시장에서 한 아르바이트 경험에서 온 것 같다. 버려지는 부분을 최대한 만들지 않을 것. 이것은 스승님의 엄한 가르침이기도 했다. 참치를 뼈에 따라 세심히 손질하지 않으면 뼈 쪽에 살이 남는다. 그렇게 낭비하지 않도록 수련을 거듭했다. 일본 요리는 특히 그런 경향이 강하다. 도미를 손질해 회를 뜰 때도 살이 붙은 뼈로 탕을 만들거나 달게 조려 먹는다. 부위마다 맛도 다르다. 도미는 버릴 부분이 거의 없다. 손이 많이 가는 요리는 만드는 재미도 있다. 재료의 특성을 어떻게 살리느냐는 옷을 봉제하는 것이나 생선 요리나 마찬가지다.

나는 3평 정도의 작은 작업실에 있던 때부터 요리를 했기 때문에 재료와 완성의 관계를 몸으로 익혀왔다. 옷으로 똑같은 일을 못할 리가 없다고 생각했다. 힘든 시절 아르바이트 경험도 서덜탕에 쓰이는 서덜▪ 같은 것이었다. 이때의 경험은 내 몸과 마음에 스며들어 일의 존재 방식에 적지 않은 영향을 주었다.

▪ 생선의 살을 발라낸 나머지, 곧 머리, 등뼈, 껍질, 알, 꼬리 등을 함께 이르는 말로 '서더리'라고도 한다. 탕이나 찌개, 튀김에 많이 이용한다.

'스파이럴'에서 열린 전람회

직영점을 오픈하고 2년 뒤인 2002년, 오모테산도에 있는 '스파이럴'에서 패션쇼가 아닌 전람회를 처음 열었다. 둘째 딸이 태어났을 무렵의 일이다.

패션쇼 형식이 아니라 전람회를 준비한 이유는 간단했다. 한정된 인원의 사람들에게만 보여주는 패션쇼에 돈을 들이느니 차라리 그 돈으로 옷감을 사고 봉제에 품을 들여 '입을 수 있는' 옷을 만드는 것이 더 의미있다고 생각했기 때문이다. 그리고 쇼가 아니라 전람회라면 일정 기간 동안 손님들도 찬찬히 옷을 구경할 수 있다. 언론계 사람들에게도 시간을 들여 옷을 선보일 수 있다. 스파이럴 안에 마련한 전시 공간은 무료 입장이 가능해 손님들의 접근성도 좋다. 스파이럴 빌딩을 설계한 건축가 마키 후미히코 씨가 만든 공간에 미나 옷을 진열해놓고 싶다는 마음도 컸다.

스파이럴 2층의 한 매장에서 미나의 소품을 팔고 있기

도 해서 전람회 개최 가능성을 타진해보았다. 스파이럴 가든은 렌탈을 해야 했는데 당시 우리 예산으로 지불할 수 있는 액수가 아니었다. 하지만 포기하고 싶지 않았다. 지혜를 짜내 판매 대금의 요율을 스파이럴에 유리한 방향으로 조율했다. 거듭된 협의를 거쳐 당시의 프로듀서이자 지금은 스파이럴의 관장이 된 고바야시 히로유키 씨가 말했다. "그럼, 해봅시다." 그는 우리의 마음을 호의로 보답해주었다.

어렵게 결정된 이상 전람회를 꼭 성공시키고 싶었다. 단지 우리의 옷이나 소품을 전시하는 것에 그치지 않고 전람회장에서만 얻을 수 있는 경험을 선사하고 싶었다. 전시 구성은 기쿠치 아츠키 씨에게 부탁했다. 미나의 상징이라고도 할 수 있는 미니백을 전람회 동안 한정으로 특별 주문을 받았다. 손님이 취향대로 고를 수 있도록 두 종류의 천을 준비해 전람회장에서 주문을 받아 제작한 것이다. 이 기획으로 아침부터 줄을 서 기다리는 손님이 있을 정도로 큰 호응을 얻었다. 미니백은 부담 없이 구매할 수 있는 소품으로 막 인기를 끌던 때였다. 게다가 미니백의 원단을 선택할 수 있는 한정 상품이어서인지 긴 행렬이 생길 정도로 인기를 끌었다.

전람회 판매량도 예상을 웃돌았다. 방문객 수도 2만 명이 넘었다. 스파이럴 측에서도 예상치 못한 결과에 놀라며 만족스러워했다. 첫 전람회의 성공으로 우리는 지속적으로 스파이럴에서 전시를 할 수 있었다. 이후 창업 10주년, 15주년, 20주년을 맞이할 때마다 스파이럴에서 전람회를 열었다. 현재 스파이럴 5층에는 미나 페르호넨 매장 겸 카페인 '콜(call)'이 입점해 있다. 스파이럴과의 오랜 친분이 이런 도전정신이 가득한 매장을 탄생시킨 것이다.

적어도 100년은 계속되기를

스파이럴에서 열린 전람회에서 자원봉사 스태프로 만난 다나카 게이코는 이후 미나 페르호넨에서 나의 어시스턴트를 거쳐 현재는 회사의 경영을 맡고 있다. 다나카는 교토세이카대학을 졸업할 즈음 나에게 편지를 보냈다. 미나에서 일하고 싶다는 취지의 편지였다. 편지의 필적이 예뻤다. 문체도 깔끔했다. 마침 교토의 갤러리 스페이스에서 작은 전시회를 계획 중이었기 때문에 다나카와는 그곳에서 만났다.

처음 만난 다나카는 표범 무늬 셔츠에 코에는 피어스를 한 모습이었다. 미나를 좋아해서 취직을 희망하는 사람이라고는 생각하기 어려운 모습이었다. 교토세이카대학에서는 텍스타일을 전공했다고 했다. 졸업 후 교토 기온(祇園)의 찻집에서 아르바이트를 하던 중 단골 미용실의 소개로 처음 미나를 알게 되었다고 했다. 나는 그녀에게 미나에서 무엇을 하고 싶은지 물었다. 다나카는 디자인을 하고 싶다고 했다. 어쨌든 다른 지원자들과는 현저히 다른 모습으로 색다른 빛을 띠었다. 이후 더 많은 이야기를 듣고 싶다는 생각이 들었다. 날 따라하려는 디자이너도, 브랜드의 열성 지지자도 아닌 점이 흥미로웠다. 분명한 것은 편지의 필적과 정중한 문장 정도였다.

우선 스파이럴에서 열릴 전람회에 자원봉사자로 일하기로 했다. 외형적으로는 이질감을 풍기면서도 이 사람 안에는 단단한 중심 같은 것이 자리잡고 있다는 느낌이 들었다. 다양한 경험을 하면서 강한 바람에 흔들리다 햇볕을 쬐기도 하고 세찬 비에 젖어보기도 한, 그런 분위기가 감도는 사람이었다. 과대평가한 것인지도 모른다. 하지만 직감적으로 이 사람과 함께 일하면 좋겠다는 생각이 들었다. 평균점이 높거나 무난한 것보다는 다나카의 특별함이 나를 매료시켰다.

미나에 입사한 후 나는 다나카에게 텍스타일 디자인을 해보도록 권유했다. 다나카는 후에 종이를 오려 무늬를 만드는 방법을 활용한 미나의 디자인 '트라이애슬론(triathlon)'을 만들어냈다. 우선 도화지에 물감을 칠하고 몇 장의 색종이를 만들어 그것을 다이쇼(大正)■ 태생의 화가 야마시타 기요시(山下清)의 작품처럼 찢어서 떼어 붙이는 작업이었다.

다나카는 이것을 1주일, 2주일이 지나도록 지치지 않고 이어갔다. 그 집중력이 놀라웠다. 이제 그만해도 되지 않겠냐는 주변의 만류에도 그녀는 멈추지 않았다. 그림에 대한 집념과 끈기는 경영에도 필요한 능력으로 나중에 그 두각을 나타내게 된다. 역시 다나카에게는 깊고 넓은 수원(水源)이 있었던 것이다.

어느덧 미나가 많은 사람에게 알려지고 직영점을 내면서 손님들과의 거리도 좁혀졌다. 만들고 싶은 옷을 만들고 있다는 마음은 직영점을 운영하면서도 계속됐다. 달라진 것이 있다면 예전에는 벼랑 끝에 서 있다는 느낌이었다면 지금은 넓은 공간에서 마음의 여유를 가지고 작업할 수 있게 되었다는 점이다. 게다가 믿을 수 있는 동료도 점점 늘어났다. 미나라는 브랜드는 줄곧 느리게 활주로를 달리기만 하다가 정신을 차려보니 사뿐히 이륙하고 있던 것이다. 여기까지 오는 데 꽤 오랜 시간이 걸렸다. 인지도 역시 하루아침에 만들어지지 않은 견고한 성장이었다. 궤도에 오른 후에도 흔들림 없는 안정감이 있었다. 그리고 이륙 후 내 앞에 펼쳐진 풍경은 이전과는 사뭇 달랐다.

1995년 창업 당시 A4 종이에 '적어도 100년은 계속되

- 일본에서 일왕 요시히토의 재위기에 사용한 연호(1912~1926년).

기를'이란 문장을 쓴 적이 있다. 누구에게 보여주기 위한 것이 아니었다. 미나는 내가 없어도 끝나지 않는 브랜드로 키우고 싶었다. 그렇게 생각하면 이제 겨우 시작일 뿐이었다. 앞으로 해야 할 일도 많겠지. 직영점을 낸 뒤에도 그러한 생각에는 변함이 없었다. 아직 갈 길이 멀다.

당시에는 신인 디자이너가 세상에 알려지면 의류 전문 상사가 그들의 브랜드를 인수하는 합병이 흔한 일이었다. 창업 디자이너는 자신의 브랜드를 다른 회사에 매각하고 그곳에서 계속 디자이너로서 일할 수 있었다. 그러나 어찌됐든 회사를 팔았기 때문에 브랜드가 나아갈 방향은 스스로 결정할 수 없다. 혹여 나에게 그런 제안이 들어왔다고 해도 적어도 100년은 계속될 브랜드를 만들고 싶었기 때문에 받아들이지 않았을 것이다. 이것은 나 자신에게 한 서약과도 같다.

미나를 시작하는 것 자체는 어려운 일이 아니다. 하지만 그것을 내가 생각하는 이상적인 브랜드로 만들기 위해서는 한 세대로는 불가능하다. 적어도 100년 중의 30년은 내가 전력을 다하고 그다음은 동료에게 맡긴다. 나는 에키덴의 경험도 있기 때문에, 잇는다고 하는 것의 의미와 가치를 온몸으로 느끼고 있었다. 바통을 건넬 때는 기진맥진해 쓰러질 것처럼 넘겨서는 안 된다. 다음 주자가 달리기 시작해 가속하려는 때 확실하게 바통을 건네주어야 한다. 그리고 다음을 맡긴다.

100년에 걸쳐 무언가를 이루기 위해 지반을 다지는 일, 그것이 나에게 주어진 역할이라는 생각이 흔들림 없이 가슴속에서 자라고 있었다.

6

일본에서 옷을 만드는 이유

신념과 비즈니스 철학

일에 대한 내 태도가 묘하게 이상론자의 것처럼 비칠 때가 있다. 임금이 싼 외국에 발주하지 않고 국내 섬유산업 노동자들의 일자리를 지키는 것, 할인 판매 없이 고객이 구매한 옷의 가치를 유지하는 것 같은 신념들 때문이다. '요즘 같은 세상에 그런 회사는 없다'라는 말부터 '그건 모두 미나가와 씨의 정의감이나 의협심에 기반한, 이익을 도외시한 낭만적인 태도일 뿐이다', '현실적이지 않다' 등의 비난을 들었다. 그렇게 해서 과연 오래갈 수 있겠냐는 것이다.

이익을 도외시한다는 말까지 들은 이상 설명이 필요하다. 무언가를 만든다는 것은 어떠해야 하는가. 이 질문에 대해 진지하게 고민한 결과, 그 대답은 이렇다. 정의(正義)에서 출발하는 것이 오히려 긍정적인 순환을 만들어낼 수 있다고. "자, 그렇다면 당신의 비즈니스 철학은 무엇입니까?" 하고 누군가 묻는다면 국내의 섬유 산업과 긴밀히 제휴하는 것이 가치 있는 일을 지속적으로 창조할 수 있어 서로 수익을 얻을 수 있는 구조를 만드는 것이라고 대답할 것이다. 아무리 미나라도 이익을 무시해왔다면 지속될 수 없다. 자신의 신념에 근거한 비즈니스를 하면서 그것이 사회적인 가치를 낳는다. 이러한 생각과 자세를 기본으로 앞으로도 옷을 만들어나가고 싶다.

국내 생산자와 일을 하는 데는 크게 두 가지 목적과 이점이 있다. 첫째는 물류에 드는 시간과 비용을 줄일 수 있다는 점이다. 시제품을 주고받으며 보수하거나 개선 방향을 변경해 제품을 완성하는 일에 우리는 가장 많은 시간을 쏟는다. 공장이 멀거나 중간에 중개업자가 있으면 시간과 비용이 이중으로 들어 손실이 크다. 또 다른 이유는 생산자와의 커뮤니케이션이 중요하기 때문이다. 옷감이나 디자인의 디테일을 구체적인 형태로 만들기까지는 많은 시행착오를 겪는다. 그렇기 때문에 생산자와 직접 얼굴을 맞대고 커뮤니케이션하는 것이 필요한 때가 있다. 유사시에는 공장에 직접 달려가 기계를 보면서 기술자와 직접 의논할 수 있어 안심이 된다. 이러한 신뢰감을 포기할 수 없다. 애초에 물류에 들일 비용과 시간의 여유가 있다면 제품 그 자체에 더 투자하고 싶은 것이다. 그렇기에 단순히 임금이 더 싸다는 이유로 제조를 국외에 발주할 수는 없다.

지금 우리와 거래하는 공장은 국내에 스무 개 정도다. 그중에서도 가장 긴밀히 소통하는 원단공장은 네 곳이다. 그 외 시즌마다 주문량의 차이는 있지만 계속해서 교류하는 공장은 16곳 정도 된다. 설립 당시와 비교하면 거래처가 꽤 늘었다. 저마다의 특색이 있는 공장들이다. 공장 쪽의 사정이 달라지지 않는 한 앞으로도 거래는 계속될 것이다. 미나 옷의 생명은 원단의 퀄리티에 있다. 이것을 지키지 않으면 100년을 이어갈 브랜드를 만들 수 없다.

시로카네다이에 직영점을 연 지 4, 5년이 지날 무렵부터 우리 브랜드는 좋은 옷감을 선별해 쓰는 곳이라는 소문이 퍼졌다. 그 결과, 물건에 자신 있는 원단공장에서 먼저 프레젠테이션을 하러 오기도 했다. 연간 매출액으로 따지면 6억 엔쯤 되었을 것이다. 셋째 딸이 태어나 내가 세 아이의 아버지가 된 것도 이 무렵의 일이다. 같은 시기 유럽 도매업체에 옷을 선보이고 거래할 수 있도록 파리에서도 전시회를 열기 시작했다.

원단공장 중 가장 긴밀하게 거래해온 네 곳은 다음과 같다. 창업 이래 쭉 함께해온 '가나가와(神奈川)레이스', 하치오지에 있고 자카드 직물을 다루는 '오하라(大原)직물', 교토의 프린트 공장 '니시다(西田)염공', 그리고 후쿠이(福井)의 벨벳 공장 '야마자키(山崎)비로도'이다.

시가(滋賀)현에 있던 프린트 공장과는 잊을 수 없는 기억이 있다. 공장과의 거래는 언제나 사람과의 인연과 소개로 시작되었다. 갓 독립했을 때 원단 생산업을 하던 지인이 재미있는 사장님이 있는데 괜찮다면 한번 만나보라고 제안했다. 그렇게 소개받은 사람이 프린트 공장을 경영하는 기무라 사장이었다. 웃는 모습이 인상적인 기무라 사장은 내가 시작하려는 브랜드에 대해 조용히 듣고는 나의 목표를 이해한 후 그에 적합한 원단공장을 비롯해 거래처 몇 곳을 추천해주었다. 당시엔 내가 만드는 옷들이 얼마나 팔릴지 도저히 예측할 수 없던 때였다. 공장에 이익이 되는지 안 되는지는 직접 거래해보지 않고는 알 수 없었다.

원래 공장은 적정한 생산량을 발주하지 않으면 주문을 받아주지 않는다. 일정 기간 동안 기계를 확보해서 가동시켰다가 생산이 끝나면 기계를 정비해야 하기 때문에, 아주 적은 주문량으로는 수고스럽기만 하고 수지가 맞지 않는 것이다. 거액의 주문이 들어왔다면 그쪽을 우선하는 것은 당연하다. 그러나 기무라 사장은 그러지 않았다. "지금 당장은 필요한 만큼만 주문해도 된다. 언젠가 반드시 제대로 된 양을 주문할 수 있는 날이 올 것이다. 그때까지는 내가 조율할 테니 걱정하지 말라"며 갓 시작한 미나를 격려해주었다. 정말 고마운 일이었다.

기무라 사장의 프린트 공장은 일반 안료 외에 플로키(flocky)라는 벨벳 프린트나 금박 인쇄, 천에 천을 붙이는 등의 특수 프린트에 일가견이 있는 공장이었다. 1980년대 이른바 DC 브랜드▪ 열풍이 불던 시기, 꼼데가르송이나 이세이 미야케같이 급성장한 브랜드에서 발주한 특수 프린트 천들을 생산하면서 이들 DC 브랜드와 함께 성장한 회사였다. 1990년대에 들어 얼마 지나지 않아 거품 경제가 꺼지면서 의류 업계의 경기도 함께 조금씩 가라앉던 중이었다. 그러나 그때의 기무라 사장은 한 걸음 더 나아가 미래를 내다보고 젊은 브랜드에 도움을 주고자 한 게 아닐까 생각한다.

그러나 2005년경 공장이 전소되는 불운이 닥쳤다. 그 사고로 기계부터 자재까지 모든 것이 소실되었다. 기무라 사장은 몇 년 후 같은 곳에 새롭게 기계를 사들여 공장을 재건했다. 하지만 공장이 불에 타 제 기능을 못하는 동안 거래처들은 다른 공장과 거래할 수밖에 없었고 시간이 흐르면서 거래가 끊긴 거래처도 있었을 것이다. 예전만큼 주문이 들어오지 않아 재출발하기는 쉽지 않았다. 그러나 이제 시작이라고 힘내자며 결의를 다지던 그때 기무라 사장은 병으로 쓰러져 세상을 떠나고 말았다. 화재 후 재건을

▪ 디자이너의 고유한 개성을 살린 상품.

시작할 때 미나에도 간신히 자금의 여유가 생기던 중이었다. 고민 끝에 목돈을 빌려줬다. 직원들과는 의논하지 않았다. 차용증도 받지 않았다. 도움이 되고 싶었고 기무라 사장에게는 갚아야 할 은혜가 있기 때문이었다.

당시 현장 총괄 담당자가 지금은 독립하여 다른 회사를 세웠다. 전시회에서 손님에게 제공하는 노벨티(novelty) 백■의 프린트는 털이 있는 플로키(flocky) 원단으로 시즌마다 다른 일러스트를 새기고 있는데 지금도 그 작업은 그 회사에 맡기고 있다. 한 번이라도 인연을 맺은 곳과는 가급적 관계를 유지하고 싶다. 우리와 함께 일하는 공장들은 가족 경영이거나 지역에 기반한 공장인 경우가 많다. 이러한 공장들이 망하지 않도록 하는 것 역시 절반은 우리의 책임이라는 생각으로 일종의 의무감을 느끼고 있다. 미나의 생산 비중이 높은 공장에는 일정한 작업량을 유지할 수 있도록 원단의 재고 상태를 확인하면서 서로에게 피해가 없는 적절한 발주 시기를 정하는 데 마음을 쓰고 있다.

■ 자기 회사의 이름이나 상품명을 넣어 제공하는 가방.

책임을 다하는 브랜드의 가치

우리는 영락없이 작은 규모로 시작한 회사다. 그 출발점을 잊지 않고 기술이 뛰어나고 꼼꼼하게 일을 하는 작은 공장들을 배려하면서 디자인의 완성도를 높여간다. 이러한 생각으로 미나의 일을 진행해왔다. 이것은 오기가 아니라 자연스레 갖게 된 마음가짐이다.

단편적이나마 어린 시절의 일을 지금도 종종 회상한다. 초등학교를 다닐 땐 왕따를 당한 적도 있고 싸움도 잦았다. 괴롭힘 당하는 아이를 지켜보는 일도 있었다. 친구들끼리 놀 때 괴롭힘 당하는 아이에게는 꼭 말을 걸어 그 아이가 우리와 함께 놀 수 있도록 했다. 그런 행동이 나의 어떤 경험이나 심리에서 비롯된 것인지는 잘 모르겠다. 지금 생각해보면 정의감이라기보다는 그저 본능적으로 마음이 움직인 것 같다.

왕따를 당한 아이를 예로 드는 건 적절치 않을 수도 있지만 벨벳이나 레이스 역시 옷의 소재 중에서도 그늘로 밀려 사라진 소재라고 생각한다.

의류 업계가 원가율을 전제로 디자인을 생각하는 구조가 된 후 벨벳은 소재로서 가치가 떨어져 어느새 사용하지 않게 되었다. 확실히 미터당 단가는 비싸다. 다만 다른 천에는 없는 감촉이나 질감을 생각하면 기피할 만큼 비싸다고는 할 수 없다. 어릴 적 피아노 발표회에서 입던 드레스에는 고품격의 상징으로 벨벳이 사용되기도 했는데 그런 이미지는 언제부터인가 완전히 사라져버렸다.

한편 레이스는 속옷의 소재로 많이 쓰였다. 속옷은 국내 대기업이 독과점하는 상황이었는데 생산의 대부분이 중국으로 넘어가면서 국내의 레이스공장도 거의 사라졌다. 이런 추세로 레이스 사용량이 점점 줄어들어 의류회사의 소속 디자이너로 일한다 해도 레이스를 소재로 옷을 만들 기회는 현재로선 거의 없을 것이다. 레이스를 사용하려고 해도 비용이 너무 많이 든다는 이유로 영업부나 마케팅 담당자에게 거부당할 것이다. 원단 구매에 대한 결정권이 디자이너에게 있지 않는 한 레이스는 좀처럼 사용할 수 없는 시대가 되어버렸다.

출판 업계에서도 전집처럼 박스에 넣어 판매하는 책은 찾아보기 어려워졌다. 표지를 천으로 만든 책도, 표지에 금박을 입히는 경우도 극히 드물다. 아마 원가가 너무 비싸다는 이유일 것이다. 시각과 촉각을 이용해 책을 읽는 경험을 더욱 풍부하게 만드는 방법들을 비용이 든다는 이유로 활용하지 않는 것은 매우 안타까운 일이다.

레이스나 벨벳도 그렇다. 옷을 입는 경험을 더욱 다채롭게 만들고 때로는 기분 전환도 되는 소재를 디자이너가 사용하지 못한다면 디자인의 가능성을 스스로 낮추는 일이 된다. 그저 숫자에만 매달리면 옷을 입는 사람의 기분에 대한 상상력은 점점 메말라갈 수밖에 없다.

100년 단위로 기술을 갈고닦아 이를 계승하는 장인도 일감이 없으면 일자리를 잃는다. 기계도 마찬가지다. 작동하지 않는 기계는 머지않아 폐기될 운명에 처한다. 아무리 100년을 쌓아온 것이라 해도 잃는 것은 한순간이다. 그것을 다시 일으키고자 한들, 기계도 장인도 되찾는 길은 멀고 험하다.

참신한 기법이나 세련된 디자인으로 당시 사람들에게 입는 즐거움을 준 벨벳이나 레이스 역시 비용이나 수고스러움, 혹은 유행에 뒤떨어진다는 이유로 사용되지 않으면서 점차 잊혀왔다. 그러나 미나에서는 그러한 소재들을 미나다운 디자인에 도입함으로써 브랜드로서의 특색 중 하나를 구축할 수 있었다.

독자적인 디자인이라 할지라도 많은 사람이 받아들이고 인기가 높아지면 그것을 따라가려는 움직임이 생긴다. 어느 때나 있었던 일이다. 예를 들어 우리가 디자인에 자주 도입하는 자수도 비슷한 일이 있었다.

사실 자수는 한 땀 뜰 때마다 돈이 든다. 극히 단순한 계산이다. 미나가 널리 알려지면서 자수가 놓인 디자인을 본뜬 상품이 돌아다니기 시작했다. 그러나 자수를 자세히 살펴보면 차이를 바로 알 수 있다. 유사품은 당연히 미나보다 가격을 저렴하게 만들어야 한다. 그렇다면 반드시 자수의 수를 줄일 수밖에 없다. 그 수를 줄이면 완성된 자수가 성기고 어설퍼 얇아진다. 결과적으로 미나의 자수는 비용이 많이 들기 때문에 따라하기가 쉽지 않다. 그렇다고 유사품을 그대로 방치해둘 수는 없다. 미나의 디자인을 흉내냈다는 확실한 판단이 서면 귀찮은 일이지만 일일이 연락해 자체적으로 회수하도록 한다. 다만 미나의 디자인이 본질적으로 빼앗기거나 넘어갈지도 모른다는 걱정은 하지 않는다. 소홀히 하지 않고 제대로 만드는 것만이 우리 브랜드를 지킬 수 있다. 그것을 온몸으로 체득한 지금 두려울 것은 하나도 없다고 생각한다.

비평하는 눈

브랜드에서 디자인이란 정체성의 근원이자 스스로를 보호하는 방법이며 브랜드의 미래를 만드는 존재이기도 하다.

내가 그리는 도안은 처음부터 끝까지 스스로 완성한다. 그러나 도안을 완성하는 과정에서 스태프들의 아이디어에서 힌트를 얻거나 그들의 러프 드로잉을 참고할 때도 있다. 내가 그린 디자인이라고 해도 마치 동화 속의 벌거벗은 왕처럼 누구의 지적도 받지 못하게 되는 것은 매우 곤란하다. 그렇게 되면 브랜드는 말라가는 셈이며, 그런 회사는 문제가 있는 조직이라고 생각한다. 적절한 비평은 필요하다. 어떤 점이 좋고 별로인지 서로에게 말로 분명히 전달해야 한다. 적어도 100년 지속되려면 브랜드를 지켜나갈 안목과 전통을 새롭게 고쳐나갈 노력이 양립해야 한다. 나의 디자인을 객관적이고 거리낌없이 비평하는 사람이 있다. 바로 표범 무늬 셔츠에 코에 피어스를 하고 처음 내 앞에 나타난 다나카 게이코다. 입사한 지 18년이 된 그녀는 현재 경영자로 회사 전체를 이끌면서 디자이너로서 매 시즌마다 도안 네 점씩을 그리고 있다. 나의 도안이 각 시즌 전체의 흐름과 분위기에서 어떻게 평가될지 솔직한 의견을 듣고 싶을 때에는 우선 다나카에게 물어본다. 나도 사람인지라 긍정적인 평가를 들으면 기쁘다. 칭찬도 힘이 된다. 그러나 다나카는 나를 기쁘게 하기 위해 입에 발린 소리는 하는 법이 없다. 다나카에게 그런 겸손이나 배려는 없다. 내가 그린 도안을 보고는 '너무 귀엽기만 한 게 아니냐'거나 '그 무늬는 더 커야 하지 않을까'라며 주저 없이 구체적으로 지적해준다. 그리고 나는 그녀와 그녀의 지적을 신뢰한다.

다나카의 그런 태도는 단지 나와의 관계에서만 있는 일은 아니다. 어떤 상황이든, 설사 상대가 아무리 윗사람일지라도 그녀의 태도는 달라지지 않는다. 겁날 것이 없다. 아무리 높은 위치의 사람이라도 미나가 위협받는 상황이라면 생각을 차분히 정리해 당당히 자신의 의견을 피력한다. 다나카에게는 선두에 서서 싸울 만한 강한 의지가 있다. 다나카는 입사하기 전 1년간 뉴욕에서 살았다. 기온의 찻집에서 아르바이트를 할 때도 미지의 세계를 곁눈질하며 배우고 흡수하면서 자신의 세계를 지키는 방법을 익혀온 것이다. 다나카는 학창시절 가라테■ 수련을 한 유단자이기도 하다.

우리 브랜드는 큰 조직이나 기업과의 거래도 많아졌다. 회사의 규모나 파워를 근거로 자신들이 우월한 위치에 있다고 생각하면서 무의식중에 우리를 하청업체로 대하지는 않을까 걱정도 됐다. 그러나 그런 상황에도 다나카는 동등한 자세를 굽히지 않고 냉정하게 우리의 생각을 전했으며, 양보하지 않아도 되는 부분에서는 한 걸음도 물러서지 않았다.

싸우기보단 원만하게 수습하려는 경향이 강한 사회에 우리는 살고 있다. 물론 그런 사고방식이 효과적일 때도 있고 불필요한 다툼은 피해야 한다고 생각할 수 있다. 그러나 조직 안에서 모든 일을 둥글게 처리하려고만 한다면 어떻게 될까. 한 회사에 속해서 조직원으로 일할 때 자기 자신을 드러낼 방법을 찾는 것은 매우 중요한 일이다. 자신의 색깔을 회사의 색에 맞춰 그저 회사의 손발로서 일에 매진하는 것이 고도경제성장기를 지탱했다는 것은 사실일지도 모른다. 그러나 이제 그런 시대는 지나갔다. 손발이 되어 일해온 사람들이 책임을 져야 할 자리에 앉았을 때는 그들 역시 자신의 손발이 될 사람이 필요해질 것이다. 비판이나 새로운 제안이 받아들여지지 않는 환경은 서서히 굳어져 결국 움직일 수 없게 된다. 유연성 없이 단단하기만 한 것은

▪ 무기를 쓰지 않고 신체 각 부위를 이용해 상대방과 겨루는 무술.

떨어뜨리면 부서진다. 손발이 되어 일하는 사람뿐인 회사는 위험하고 무르다. 손발만 있고 머리나 마음이 부족한 회사에 미래는 없다고 생각한다.

취업 활동을 할 때 대부분의 사람들은 지원한 회사의 분위기에 적당히 맞추려는 경향이 크다. 그러나 진지하게 미래를 생각하는 회사의 입장에서 그런 사람은 상상 가능한 범위에 머물러 있는, 그저 틀에 박힌 사람에 지나지 않는다. 만약 회사가 예상 가능한 수준의 사람을 원한다면, 그 회사는 대체 어떤 미래를 그리고 있는 것일까.

나는 면접관을 압도할 정도의 역량이 있어서 '뭐지, 이 사람은?' 싶은 사람을 만나고 싶다. 그리고 그 사람이 자신의 능력을 십분 발휘할 수 있는 환경을 만들어주는 회사이자 조직으로 만들고 싶다. 그것은 한 조직의 도량을 시험하는 것이기도 하다. 물론 모든 스태프가 다나카일 필요는 없다. 하지만 다나카 한 명의 존재 여부만으로도 조직의 명운이 좌우될 수 있다.

천사의 힘과 책임감

자연계가 그렇듯 회사나 조직도 다양성을 끌어안음으로써 지속이 가능하다. 흑백만으로는 양분을 잃은 땅처럼 쇠약해져 회복 불가능한 후퇴만이 기다릴 뿐이다.

창업부터 함께 해온 나가에 아오이는 예술가와 결혼해 10여 년간 베를린에서 살았다. 회사에 자리는 남겨둔 채로 종종 일본에 와서 일을 도와주었다. 부부가 함께 귀국한 후부터는 다시 예전처럼 함께 일하고 있다. 나가에는 사람을 전혀 의심하지 않는다. 사람을 나쁘게 보는 일이 좀처럼 없다. 그 순수함은 비견할 데가 없다. 창업 후 지금까지도 나가에의 그런 성품은 마모되거나 희미해지지 않았다. 지금도 나가에의 그런 점에 나는 가끔 놀란다.

대학을 졸업할 때까지 2년간 교통비만 받고 일해준 나가에는 (식사는 내가 만들어 제공했기 때문에 소소하지만 식대가 포함되었다) 대학 졸업 후 바로 미나에 취직해 창업 때부터 고생을 함께 한 유일한 사람이다. 앞서 이야기했지만, 시로카네다이에 직영점을 오픈한 후 이익이 나기 시작하면서 그동안 무급으로 일하던 시기만큼 월급을 더 얹어주겠다는 말을 나가에에게 건넨 적이 있다. 그러자 나가에는 '나는 괜찮으니 앞으로 회사에 들어올 사람들에게 줄 월급으로 사용하거나 급여 인상으로 일의 보람을 느끼는 사람들에게 사용해달라'고 말했다. 그 말이 나가에의 입에서 나와서 그렇지, 요즘 같은 세상에는 현실성이 떨어지는 말일지도 모른다.

2년간 무급으로 일을 시키면서도 내가 부담감을 느끼지 않을 수 있었던 이유는 나가에가 일하는 모습을 지켜봐 왔기 때문이다. 사념이 끼어들 틈 없는 나가에의 옆얼굴은 나에게 이렇게 말을 거는 듯했다. "미나는 미나가와 씨만의 꿈이 아니야. 나에게도 소중한 꿈이야." 일하고 있다는 느낌은 어디에도 없었다. 나가에가 첫 번째 어시스턴트가 아니었다면 과연 지금의 미나가 있었을까. 만약 신이라는 존재가 있다면 나가에는 신이 내게 내려준 사람 같다는 생각이 들 때가 있다. 참 신기한 인연이다.

나가에는 현재 홍보 담당의 리더로 일하면서, 스테디셀러 상품인 토리백(tori bag)이나 액세서리의 디자인을 하는 등 디자이너로서의 일도 놓지 않고 있다. 한 브랜드의 홍보 담당자로서는 특이한 타입이다. 현장을 능수능란하게 진두

지휘하는 모습도 없고 누구에게나 스스럼없이 다가가거나 아첨하는 법도 없다. 천진난만하다고나 할까, 어쩌면 조금 모자란다고 느껴질지도 모른다. 하지만 전시회나 숍 오픈 행사가 있으면 나가에와의 만남을 기대하며 찾아오는 사람이 많다. 나가에는 누구에게나 공평한 것이다. 사람을 상하관계로 구분지어 대하지 않는다. 직무나 지위를 의식하는 사람들은 '나를 우선해야 하는 것이 아닌가'라고 생각할지도 모른다. 그러나 그것이 문제가 되지 않는 이유는 나가에는 '상하 관계에 전혀 얽매이지 않는 사람'이라는 인식이 이미 다른 사람들 안에 자리 잡았기 때문이다. 나가에도 가장 중요한 게 무엇인지 알기 때문에 쓸데없는 배려의 필요성을 못 느끼는지도 모른다.

12년 전 베를린에 사는 예술가와 결혼하면서 나가에는 독일로 이주했다. 나가에가 이주 문제에 대해 상담했을 때 그 자리에서 베를린으로 가는 것을 추천했다. 그 대신 월급은 줄 테니 베를린에서 혹은 유럽에서 미나가 할 수 있는 것은 무엇인지 생각해달라고 부탁했다. 월급을 올려준다고 해도 거절할 듯한 나가에에게 이번에는 내가 은혜를 갚을 차례였다. 외국에 거주하는 경우 세금 문제가 있어 일단 사원에서 업무 위탁으로 계약 형태를 바꾸었지만 나가에는 미나의 스태프로서 베를린 여행을 했다. 파리 전시회 등의 유럽 행사에도 언제나 달려왔다.

한편 나가에가 베를린에 살기 시작했을 무렵 만약 내가 죽으면 누구에게 미나를 맡기는 게 좋을지 처음으로 생각하게 되었다. 적어도 100년 지속될 브랜드를 이끌 사람은 역시 다나카 게이코밖에 없었다. 이것은 망설임이 없는 판단이었다. 그렇게 생각하고 곧바로 그 사실을 그녀에게 전했다. 경영 능력과는 조금 다른 능력이 다나카에게는 있다. 경영 능력이라고 하면 MBA 자격증을 가진 사람이나 컨설팅을 전문으로 하는 사람이 더 나을 수도 있다. 그러나 다나카가 가진 힘은 그런 능력과는 색깔이 전혀 다르다. 좀 더 야생적이고 직감적인 것. 여차하면 셈을 버려서라도 브랜드를 지키는 능력. 맡겨진 임무를 끝까지 해내고야 마는 책임감이라고나 할까. 곰곰이 생각을 해보았다. 브랜드는 경영적인 시점만으로는 운영해나갈 수 없다. 회사에는 좀 더 본질적이고 야생적인 힘이 필요하다. 그리고 다나카에게는 그런 힘이 있다.

D to C의 시대

2020년, 창업 25주년을 맞이했다.

지금까지 중요한 경영 판단은 거의 한 적이 없다. 새로운 직영점을 내는 것은 영업적인 측면에선 필요한 일이지만 경영 전체를 뒤흔들 만한 일은 아니었다. 조금이라도 잘못된 판단을 하면 회사가 위기에 처할 만큼 중요한 안건은 지금까지 없었다. 그러나 시대와 상황이 변화하고 있다. 예를 들면 많은 사람의 삶에 인터넷이 큰 영향을 끼치게 되면서 미나가 고객을 위해 할 수 있는 일이 무엇인지 고민하게 된 것은 시대의 변화에서 오는 요구라고 생각한다.

최근 10년 사이에 거래처의 매장들이 자신들의 웹사이트에서 미나의 옷을 온라인으로 판매하기 시작했고 그 기세는 점점 가속화됐다. 전국 각지의 매장에서 옷을 판매한다는 것은 손님이 실제로 옷을 보고 구매할 수 있는 장소, 그 공간을 제공하는 것이 전제였다. 그렇게 지방에 사는 손님이 자신이 사는 곳 근처 매장에서 미나의 옷을 직접 구매할 수 있는 것은 미나에게도 좋은 일이었다. 미나가 지방에 침투할 수 있었던 건 많은 거래처 덕분이었다. 이 점에 대해서는 지금도 고마운 마음이다.

그러나 온라인 판매가 시작되면서 매장을 방문하는 대신 인터넷에서 사진을 보고 주문해 배송받는 경우가 적지 않았다. 미나를 창업할 무렵, 전국의 셀렉트숍이라고 불리는 매장에 도매로 거래하는 것이 고객들에게 판매하는 일반적인 방법이었다. 앞서 말했듯이, 당시 일본의 브랜드는 인기가 없어 외국 브랜드의 옷을 주로 취급하는 매장이 많았다. 그런 와중에도 거래처는 조금씩 늘어갔다. 제품을 직접 접하기 힘든 지역에 사는 손님들은 편집숍에서 옷을 판매함으로써 미나에서 만든 옷을 직접 보고 입고 만질 수 있었다. 그러나 인터넷이 널리 보급됨에 따라 생활 곳곳으로 그 영역이 확장되면서 옷의 판매에서조차 온라인이 더 큰 비중을 차지하게 되었다. 게다가 그 사용 비율과 변화의 속도는 더욱 빨라졌다.

인터넷 판매에는 공간의 제한이 없다. 인터넷이 연결되는 한 멀리 떨어져 있는 고객이라도 부담없이 물건을 살 수 있다. 매장을 방문하지 않고도 각 매장의 온라인숍에서 구매가 가능해졌다. 이에 따라 제품의 판로가 전국 수준으로 확대된 것은 당연한 추세였다. 이대로라면 웹사이트를 잘 운영하는 몇 개의 매장에 판매가 집중되면서 지역성이라든가 손님과 같은 시간과 공간을 공유하며 미나의 만들기 철학을 나눌 수 있는 기회는 서서히 사라질지도 모른다.

D to C(Direct-to-Consumer, 소비자 직거래 판매) 판매방식이 주류가 되어 우리 브랜드의 제품이 거래처의 웹사이트에서 판매되면 미나의 온라인 판매를 더욱 내실화하여 손님에게 기쁨을 줄 수 있도록 힘써야 한다. 그것은 제작자로서 고객에 대한 책임을 다하는 것이기도 하다. 직영점은 각 매장의 개성을 살리는 데에 집중하고 온라인숍에서는 고객의 다양한 요구를 상정해가면서 운영해야 한다. 이러한 반성도 하게 되었다.

브랜드가 인기를 얻고 널리 알려지면서 미나의 옷이 많은 매장에서 좋은 평가를 받고 더 많이 팔리게 되었다. 이를 두고 급성장이라 말할 수 있을 것이다. 다만 나는 적어도 100년은 이어나가는 것을 목표로 해왔다. 그러니 아직 갈 길은 멀다. 단기간의 급속한 확대는 동시에 리스크를 안는 것이기도 하다. 흐름대로 이끌려 가고 싶지 않다. 이래도 괜찮을지 항상 스스로의 모습을 확인할 수 있도록 준비해 두고 싶다. 파는 방법에 대해서도 가능한 한 정확히 파악해 두고 싶다.

그럼에도 지금 내가 가장 주력하고 싶은 부분은 옷을 만드는 것이다. 앞으로 한층 더 기술력이 뛰어난 공장과 협업하여 더욱 매력 있는 옷을 만들고 싶다. 판매량만 늘리는 것이 아니라 미나 옷의 퀄리티를 높이는 데 정성을 다하고 싶다. 더 좋은 옷을 만들어 손님에게 제대로 전하기 위한 본연의 자세에 대해 한 번 더 재검토하고 싶은 것이다.

적어도 100년은 계속될 브랜드가 되기 위해 체력을 기르고 근력을 높여 전열을 가다듬는 시기로 접어들었다고 생각한다.

지속 가능한 힘

그동안 미나의 웹사이트는 판매 목적이 아니라 메시지를 전하고 정보를 전달하는 알림판 역할을 해왔다. 그러나 브랜드로서 고객과의 직접적인 의사소통도 필요 불가결한 것이라는 생각이 들었다. 그와 동시에 시간을 내서 방문할 만한 가치가 있는 직영점으로서의 중요성도 커질 수밖에 없다. 고객에게 직영점에서만 누릴 수 있는 즐거움이나 만족스러움을 주기 위해서는 지금 이상으로 매력적인 장소가 되어야 한다. 아직도 할 일이 많다.

고객과의 커뮤니케이션 방식의 변화에 따라 각 사원이 담당한 일의 구체적인 내용도 시시각각 변화할 것이다. 일하는 것이 관성화되면 새로운 가능성을 간과하게 될 위험이 크다. 거기에는 변화를 일으키는 씨앗이 잠들어 있을지도 모른다. 적어도 100년 계속될 브랜드에는 지켜야 할 것과 변화해야 할 것, 이 두 가지 측면이 공존할 때에만 '지속

가능한 힘'이 생기는 것이다.

미나는 110명의 정규 사원이 있다(2020년 4월 기준). 현재 전 사원의 월급은 내가 결정한다. 다나카나 총무 담당자와 의논을 하고 각 파트 사람들의 이야기를 자세히 들어본 후 최종적으로 월급을 결정한다. 연 2회 상여금 액수 또한 내가 정한다. 상여금뿐만 아니라 매년 하지는 못하지만 가능한 한, 한 사람 한 사람에게 편지를 써줄 수 있도록 마음을 쓰고 있다. 심사 과정이나 평가에 대한 내용이 아니다. 기본적으로는 감사 편지다. 물론 개개인마다 내용은 다르다. A5 종이 한 장에 들어갈 정도의 내용으로 전부 손으로 쓴다. 이 편지라면 1년에 두세 번밖에 만날 수 없는 지방 직영점의 스태프에게도 내가 항상 그들을 생각하고 있다는 걸 전달할 수 있으리라는 마음에서였다.

기본적으로 조례는 하지 않는다. 내가 일방적으로 혼자 떠들어 봤자 시간만 아깝다는 생각이 들었다. 물론 필요하다면 한 달에 한 번쯤은 조례를 할 때도 있다. 또한 1년에 한 번 있는 창업기념일에는 도리이자카(鳥居坂)에 있는 국제문화회관에서 전 사원과 함께 파티를 연다. 그때는 앞으로의 계획을 2~3분의 짧은 스피치로 전한다. 일방적인 이야기를 자제하는 대신 각 담당부서가 모여 문제점을 토론하는 그룹 미팅을 중시한다. 나는 그 옆에 앉아 모두의 이야기를 조용히 경청한다. 그 자리에서 '그건 아니지 않아?'라거나 '이렇게 하면 어때?'와 같은 발언이나 제안은 하지 않는다. 내가 어떤 이야기를 꺼내면 그것이 결론으로 받아들여지는 것은 물론 의견을 이야기하는 데 조심스러워지거나 위축될 가능성이 크다. 그러면 그룹 미팅을 하는 의미가 없다. 그룹 미팅에서 대화를 나누다 보면 보통 회사나 옷 제작, 그리고 직영점을 운영하는 방식 등에 대한 긍정적인 의견이 많이 나온다.

나는 잠자코 듣고 있는 편이 좋다. 폐점 시간 후 직영점을 방문해 판매 직원들과 밥을 먹을 때도 모두의 이야기를 그냥 듣고 있다. 난 공기처럼 그곳에 있을 뿐이다. 그 자리에서 들은 여러 가지 이야기는 내 안으로 흘러 들어와 결국 미나가 갈 방향이나 경영방침으로 발전한다. 임업으로 예를 들면 가지치기 같은 정리가 필요하다고 생각한다. 성장에 방해가 되는 가지는 잘라내야 한다. 우리가 열심히 만들어온 것과 만들고 있는 것의 가치를 떨어뜨리는 것이 있으면 그것은 단호하게 쳐낸다. 그러면 태양과 대지와 비가 나무를 자라게 한다. 그러한 자발적 경영을 목표로 하고 있다.

또 하나, 큰 변화를 위해 필요한 과정이 있었다. 그것은 브랜드의 장기적 지속을 위해 미나와는 별도로 지주회사를 설립한 것이다. 왜 지주회사가 필요할까. 미나를 적어도

100년은 지속될 브랜드로 만들고자 한 그 의도와 토대가 될 구조를 한층 더 공고히 하기 위해서다. 일단 내가 소유하고 있던 회사의 주식을 지주회사에 옮겼다. 미나의 미래를 맡길 수 있는 사람, 책임지고 이끌어줄 사람들에게 회사를 물려주기 위해서였다. 미나는 처음에는 혼자만의 회사로 시작했지만 동료가 많아지면서 100년 지속될 브랜드로서의 전망이 더 선명해지고 구체화됐다. 회사가 언제까지나 나 혼자만의 소유물로 있을 수 없다. 100년을 이어나가기 위해 그다음 문을 여는 자리에 우리는 지금 서 있다.

2019년부터 도쿄도 현대미술관에서 개최된 전시회 '미나 페르호넨/미나가와 아키라 지속하다'는 지금까지 우리가 이루어온 것을 다양한 각도에서 되돌아보면서 앞으로 미나가 가야 할 창작의 방향을 생각하고 창조의 씨앗을 뿌리는 기회가 되었다. 관람객을 위한 전시회인 동시에 우리 자신의 미래를 위한 전시회였다고 생각한다. 창업 후 25년이 흘렀다. '적어도 100년' 중 사분의 일 지점에 접어든 가운데 미나라는 나무가 가지와 잎을 펼치고 작지만 선명한 열매를 맺을 수 있도록 시간과 노력을 들여 이 일을 계속하고 싶다. 100명이 넘는 동료들도 나와 같은 마음일 것이다. 나는 지금, 미나의 새로운 창업의 길로 들어서고 있다.

7

브랜드를 키우다

'쇼피스'는 만들지 않아

미나를 창업한 지 8년이 지난 2003년, 브랜드 이름을 '미나 페르호넨'으로 바꾸었다. 돌아보면 브랜드명을 새롭게 생각한 때가 2003년인 것은 아주 적절한 타이밍이었다.

우리 브랜드의 특징은 무엇일까?

우선 옷에 그래픽을 도입한 것을 들 수 있다. 몸에 두를 만한 그래픽한 무늬를 자연계에서 가져온다고 한다면, 가장 먼저 나비가 떠오른다. 어떤 옷은 입으면 마치 나비가 날개를 펼치고 있는 듯한 이미지도 있다. 게다가 나비의 날개 무늬는 놀라울 정도로 다채롭고 저마다의 멋이 있다. 나비의 날개를 두른 듯한 느낌을 옷에 담을 수 있다면 멋지리라 생각했다.

브랜드를 만드는 방법이나 생산자와의 거래 방식도 마찬가지로 내게는 나비가 날아다니는 이미지와 그 결을 함께한다. 나비는 꽃에서 꽃으로 나풀나풀 옮겨간다. 우리도 사람과 사람을 잇는 옷을 만들어 이를 사람으로부터 사람에게 전한다. 부지런히 움직이지만 제비처럼 직선적인 속도감은 없다. 8,000미터가 넘는 히말라야를 넘어가는 줄기러기 같은 부지런함도 없을지 모른다. 하지만 북미와 멕시코를 가로질러 3,000킬로미터나 되는 먼 거리를 날아가는 제왕나비도 있다. 그렇게 나비는 거뜬히 멀리 날아가기도 한다.

나비는 핀란드어로 페르호넨(perhonen)이다. 발음할 때의 동그란 느낌과 귀에 닿는 소리가 기분 좋다. 그래서 2003년부터 브랜드명은 '미나 페르호넨(minä perhonen)'이 되었다.

그리고 이듬해 처음으로 파리에서 미나 페르호넨의 전시회를 열었다. 파리 컬렉션이라 하면 보통 떠올리는 이미지는 그날만을 위해 특별히 만든 쇼피스(showpiece)를 모델이 입고 런웨이를 오가는 모습일 것이다. 패션 관계자들은 차치하더라도 일반 독자들은 잘 모를 수 있으므로 우선 모델이 입는 쇼피스에 대해 간단히 설명해보겠다.

패션쇼를 보다 보면 의문이 들 때가 있을 것이다. 패션쇼에서 선보이는 옷들은 때때로 일반적인 옷의 개념을 크게 벗어나거나, 현실적으로 입기 어려운 특이한 디자인이어서 의아할 수도 있다. 나 역시 '준코 코시노'의 파리 컬렉션 준비를 도울 때 모델이 입은 옷들을 그 시즌에 매장에 진열해 구매할 수 있도록 할 거라 생각했다. 그러나 쇼피스란 말 그대로 쇼를 위한 작품이다. 형태, 무늬, 색깔, 소재를 통해 그 시즌의 새로운 아이디어나 테마를 표현하도록 예술 작품의 경지로 만든다. 그해 브랜드의 방향성을 과감히 강조한 작품이라고 생각해도 좋다. 그 강조의 방법은 디자이너마다 다르기 때문에 모든 쇼피스가 실생활에서는 소화하기 어려운 것이라고 단정지어 말할 수는 없지만, 어쨌든 디자이너의 창작 능력을 최대한으로 표현하는 것이 쇼피스의 목적이라고 할 수 있다.

19세기 후반부터 20세기 초까지 특별한 패션으로 치장이 가능한 사람은 부유한 계층으로 한정되어 있었다. 패션쇼는 그런 부자들을 위해 열리는 오트쿠튀르(haute couture)▪ 컬렉션에서 처음 시작되었다. 프랑스어로 '고급 재봉'이라는 뜻의 오트쿠튀르는 자신에게 어울리는 옷을 한 벌씩 주문제작하는 것을 의미한다. 그리고 오트쿠튀르 컬렉션은 샤넬과 디올 등 파리쿠튀르조합의 가맹사인 브랜드들이 모여 여는 전시회였다.

그러나 1970년대에 들어 프레타포르테(prêt-à-porter)▪▪가

▪ 고급 맞춤복.

▪▪ 고급 기성복.

패션 시장을 석권하면서 외국 디자이너도 참여할 수 있는 파리 프레타포르테 컬렉션이 주목을 받게 되었다. 그 규모도 해를 거듭할수록 확대되었다. 이제 파리 컬렉션은 오트쿠튀르 컬렉션뿐만 아니라 프레타포르테 컬렉션도 통칭하는 말이 되었다. 모든 사람이 입을 수 있는 옷은 고객을 특정할 필요가 없다. 고급 프레타포르테의 PR은 더욱 획기적이고 자유롭게 표현되었다. 모델이 걸치고 런웨이를 오가는 특별한 옷, 쇼피스에 의해 디자이너의 창의력이 표현되었다. 쇼피스는 물론 옷이지만 단지 그것만을 목적으로 하지 않는다. 디자이너의 표현력이나 창의성을 나타내는 상징으로 진화한 것이다.

파리의 패션위크 기간에는 거리 곳곳에서 다양한 컬렉션이 펼쳐진다. 개인전은 물론이고 그룹전도 열린다. 갤러리 등에 공간을 확보하면 누구나 출품할 수 있지만 정식 쇼에 참가하려면 심사를 거쳐야 한다.

미나 페르호넨도 심사를 거쳐 파리 컬렉션에 참가했다. 우리는 쇼피스를 만들 생각이 없었다. 우리가 창작한 모든 것은 옷에 스며들어 있다. 쇼를 위해 모양이나 디테일을 만들어버리면 오히려 우리의 창조성을 제대로 전달하지 못하는 건 아닐까 생각했다. 당장 누구나 입을 수 있고 세상에 그대로 내놓을 수 있는 옷을 쇼를 위해 일부러 손보고 싶지는 않았다. 그래야 우리의 메시지가 전해질 것이다. 매장에 진열할 옷, 손님이 입을 수 있는 옷 그대로 선보이면 된다. 그렇게 생각했다.

첫 해는 원래 에펠탑의 변전소였던 공간에서 열렸다. 막 참가한 신인 디자이너에게 한정으로 주어진 기회였기 때문에 배정된 시간은 오전이었다. 유명 디자이너나 패션 업계의 거물은 야간 공연이 많았다.

첫 쇼의 연출은 지인의 현대 무용수들에게 도움을 받았다. 그녀가 소속된 독일 프랑크푸르트발레단(나중에 더포사이스컴퍼니(The Forsythe Company)가 됨)에서 무용수 네 명을 불러 미나 옷을 입히고 즉흥적으로 댄스 퍼포먼스를 하는 아이디어로 마지막에는 무용수들이 관객을 향해 "즐거운 패션 위크 보내시길!"이라는 인사를 하며 끝나는 연출이었다.

준비를 도와준 사람은 고교 시절의 친구인 안도 요코 씨였다. 그때는 이미 현대 무용수로서 세계에서도 주목을 받으며 오자와 세이지 씨나 사카모토 류이치 씨의 오페라에도 출연한 굉장한 실력의 소유자였다. 고등학교 때는 배드민턴 부원이기도 했다. 육상부였던 나와는 학교 운동부원 사이로 지내다 가까워졌다. 무용수가 된 줄 전혀 몰랐다. 문화복장학원에 재학하면서 활동하던 무용수 야마자키 고타 씨의 공연에 갔는데 그녀가 그의 파트너로 춤을 추고 있었던 것이다. 그 후 서로 연락을 주고받게 되었다. 그녀가 속한 프랑크푸르트발레단은 1980년대 '이세이 미야케'의 쇼에도 등장한 적이 있다. 잡지에 그 기사가 실린 것을 보고 감동한 기억이 난다. 훌륭한 쇼였음에 틀림없다.

미나 페르호넨의 쇼에도 100명이 넘는 관객이 찾아왔다. 현대 무용을 도입한 우리의 쇼가 어떻게 받아들여졌는지 솔직히 잘 모르겠다. 이른바 쇼피스가 아닌 옷에 대한 평가도 포함해서 말이다. 들어본 적 없는 젊은 디자이너의 브랜드에서 준비한 색다른 쇼라고 생각했을지도 모른다. 그래도 우리로서는 만들고 싶은 대로 만들면 된다는 것에 주저할 필요가 없었다.

네 번째로 참가한 파리 컬렉션에서는 건축가 다네 쓰요시 씨에게 전시회장의 구성을 의뢰했다. 건축가로서 아직 이름이 알려지지 않았던 시절, 그와 만날 기회가 있었고 그 이후 얼마간 친분을 쌓았다. 원래 그는 프로축구 선수가 되는 것이 목표였다. 고교 시절에는 제프 유나이티드 이치하라 유소년 팀에도 소속되어 있었지만 부상을 당해 프로의 길을 포기하게 됐다. 홋카이도에서 건축을 공부하다가 재학 중 스웨덴에서 유학, 졸업 후 덴마크로 건너가 건축 일을 시작했다. 2006년에 에스토니아 국립박물관의 국제 공모전에서 우승했다. 초기 대표작인 이 박물관 덕분에 그는 세계적으로도 널리 알려졌는데, 내가 알고 지낸 건 그만큼 유명해지기 한참 전의 일이다.

다이칸야마의 힐 사이드 테라스에서 젊은 건축가들의 그룹전을 보러 갔다가 그를 소개받은 것이 첫 만남이었다. 내가 파리 컬렉션에 참가하게 된 지 얼마 지나지 않아 그도 파리에 사무소를 차렸다. 직감적으로 그의 사무실에 연락해 전시회장 구성을 부탁했다. 그는 흔쾌히 승낙했다.

쇼를 위해 덴마크 섬유회사 크바드라트(Kvadrat)의 파리 전시회장을 빌렸다. 이 건물은 에펠탑을 설계한 귀스타브 에펠(Gustave Eiffel)이 설계한 건물이다. 크바드라트 측은 미나 페르호넨과의 협업이 막 시작되던 터라 선뜻 전시회장을 빌려주었다. 런웨이처럼 세로로 긴 공간이 아니라 전체가 사각 형태로, 바닥 전체에 촘촘히 솜을 깔고 철사를 축으로 꽃 장식이 깔린 공간 구성이었다. 나도 다네 씨도 바닥에 납작 엎드려 솜을 깔고 꽃을 만들었다. 작업은 밤을 꼬박 새워 새벽이 되어서야 완성됐다. 우리가 만든 꽃밭 같은 공간에서 모델이 자유로이 돌아다니는 연출이었다.

BGM으로는 친돈야(ちんどん屋)▪의 음악이나 전통 행사

▪ 재미있는 복장과 연주로 사람들의 시선을 끌어 상품이나 매장 등을 홍보하는 사람. 특히 축제 등에 자주 이용된다.

의 연주곡을 틀었다. 일본인에게는 향수를 자극하는 음악이지만 외국인 관람객에게는 처음 듣는 리듬과 음악일 것이다. 음악에 대한 기억이 있는지 없는지에 따라 소리의 의미는 크게 달라진다. 배경음악을 고민하는 것은 연출의 마지막 즐거움이기도 하다. 다음 시즌에는 음악 대신 휘파람 노래를 현장에서 불러 BGM으로 활용해보자는 아이디어가 나왔다.

전시회장은 이전과 같은 장소였다. 전시회장 구성은 내가 맡았다. 바닥에는 비닐로 된 색 테이프를 붙여 모양을 만들었다. 테이프를 붙이는 작업도 스스로 했다. 휘파람을 잘 분다는 사람에게 거듭 부탁해 비틀스의 〈어크로스 더 유니버스〉 같은 곡을 선곡해두었는데 당일이 되어 갑자기 자신 없다며 그만둬버렸다. 그래서 급한 대로 내가 대신 휘파람을 불게 되었지만 솔직히 실전에서는 잘 불 자신이 없었다. 하는 수 없이 스튜디오를 대신해 공연장 화장실에 녹음 장비를 들여와 휘파람을 녹음해 공연장에서 틀기로 했다.

허둥지둥 간신히 제시간에 맞춰 준비했지만 힘들다고는 생각하지 않았다. 마지막까지 내몰리면서도 머리를 맞대어 아이디어를 내고 전력을 다해 극복해내는 과정은 벼랑 끝에 서서 온몸의 감각을 최대한으로 끌어내어 집중하는 기쁨이 있었다. 지금은 파리 컬렉션에 참여하지 않지만

이 또한 경험해보지 않으면 알 수 없는 감각이다.

파리 컬렉션에 참여하지 않는 이유는 쉽게 말해 경영적인 판단 때문이다. 파리 컬렉션에 참가하기 위해 드는 비용과 인력은 상당하다. 실제로 옷을 만드는 비용과 노력을 비교했을 때 우리가 가진 한정된 자원을 고려하면 역시 옷 만들기에 중점을 두어야겠다고 생각한 것이다.

우리 같은 작은 브랜드도 파리 컬렉션에 참가하기 위해서는 한 시즌에만 총 1,000만 엔 이상의 비용이 들었다. 큰 브랜드라면 단 한 번의 쇼를 위해 몇 억 엔을 들이는 곳도 있다. 쇼에 출품하기 위해서는 우선 발표할 옷의 몇 배에 달하는 옷을 만들어야 한다. 이후 모델에 맞추어 스타일링하면서 수십 벌로 줄여간다. 그 과정에서 대부분의 옷은 사용해보지도 못하고 버려진다. 톱 모델을 섭외하는 데도 큰 돈이 들어 열 명 정도만 해도 그 비용이 상당하다.

미나 페르호넨에서는 미터당 1만 엔 정도 하는 패브릭을 사용할 때가 있다. 곧 우리가 쇼를 준비하기 위해 드는 비용으로 1,000미터 정도의 옷감을 살 수 있다. 그것이 1년에 두 번이라면 차라리 그 비용으로 직영점을 매년 한 개씩 차리는 게 나을지도 모른다.

그렇게 무심코 머리로 셈을 하게 되는 건 내가 디자이너인 동시에 경영자이기 때문이다. 미나를 처음 시작할 무렵부터 출자자가 따로 있어 디자인만 했다면 돈을 들여서라도 파리 컬렉션에 나가고 싶었을 것이다. 젊은 디자이너들은 패션계에서 큰 상을 받거나 인기 브랜드에서 독립하면 대부분 처음부터 쇼를 개최해 빠르게 성장하길 바란다. 그리고 점차 옷을 만드는 것 이외의 경비를 늘리고 이를 감당하기 위해 돈을 벌기 위한 옷을 만들면서 고객과는 멀어진다. 이런 악순환 끝에 브랜드를 접는 경우도 결코 드물지 않다.

반면 미나 페르호넨은 만들기로 결정되면 많은 비용과 시간을 들여 직물을 생산하고 옷을 만든다. 트렌드와는 무관하다. 우리는 적어도 100년은 이어나갈 브랜드를 만들고 싶은 것이다. 할 수 있는 만큼의 수고는 아끼지 않는다. 이것은 이것대로 힘들지만 행복한 일이기도 하다.

미나의 새로움을 담은 공간, 교토(京都) 직영점

2007년에 교토에 두 번째 직영점을 열었다. 교토, 오사카, 고베 등 관서 지방에서 상권의 중심인 도시들 중 교토를 선택한 데는 이유가 있다.

첫 직영점인 시로카네다이점이 자리한 곳은 시끌벅적한 번화가가 아니다. 교토에도 지역에 따라 다르지만 시로카네다이처럼 아늑한 장소가 많다. 특히 교토의 거리는 규모가 그리 크지 않아 느긋하게 산책도 즐길 수 있다. 교토는 오랜 역사와 문화가 잔존한 국제 도시다. 시로카네다이가 그렇듯 매장 주변엔 걸어 다니며 둘러볼 만한 곳이 많다. 쇼핑만이 아니라 산책과 관광까지 한 번에 즐길 수 있는 거리라고 생각했다.

시로카네다이의 건물을 찾을 때처럼 좋은 장소가 있으면 연락을 받을 수 있도록 준비해두었다. 그리고 연락이 오면 직접 교토에 가서 걸어 다니며 물건과 주위 환경을 살펴보았다. 그렇게 교토를 방문할 때마다 마음을 끌어당기는 한 건물이 있었다. 하지만 수십 년간 한 임차인이 임대 중이라는 이야기를 듣고 단념했다.

그런데 그 빌딩에 입점해 있던 '갤러리 갤러리'라는 아트 갤러리로부터 1층이 빈다는 연락을 받은 것이다. 나도 모르게 소리를 지를 뻔했다. 교토의 물건을 찾기 시작한 지 어느 새 2년째가 되던 때였다. 서두르지 않고 시간을 들인 덕분에 가장 마음에 드는 물건을 계약할 수 있었다. 위치는 가모가와(鴨川)강 기슭, 1920년대 말경에 지은 빌딩이었다. 교토가와라마치(京都河原町)역에서는 걸어서 5분 거리였다. 접근성이 좋은 위치인데도 시끄럽지 않았다. 내가 계약하기 전 1층은 3세대가 거의 70년 동안 세 들어 있었다. 이 타이밍에 빌릴 수 있게 된 것은 정말 행운이었다.

내장 공사와 인테리어는 니시보리 신(西堀晋) 씨에게 부탁했다. 그는 원래 파나소닉의 제품디자이너로 오디오의 스피커 등을 디자인했다. 독립 후에는 프리랜서 디자이너로 고조(伍条)에 있는 낡은 빌딩을 리모델링해 살면서 1, 2층을 카페 에피시(efish)로 개업하여 인기를 모았다(유감스럽게도 2019년 10월에 폐점). 니시보리 신 씨를 알게 된 건 그의 어시스턴트가 미나의 다나카 게이코의 대학 동창이기 때문이었다. 이 또한 묘한 인연이었다. 가와라마치에 있는 빌딩의 입주가 정해졌을 무렵 그는 애플에 디자이너로 스카우트되어 미국으로 건너가게 되었다. 애플에 입사한 후에는 약 10년간 디자이너로 활약했고 퇴사 후 현재는 하와이에서 살고 있다.

니시보리 신 씨가 미국에 가게 되어 내장 공사 계획은 어시스턴트이자 다나카 게이코의 동창인 아오키 씨와 의논을 거듭해 디테일을 채워나갔다. 바닥은 응회석을 모자이크 형태로 깔고 행거는 주철로 만든다. 입구의 나무문은 내가 디자인한 실측 도면으로 만든 창틀을 특별 주문한다. 이렇듯 원하는 이미지를 전달하자 그들은 그대로 꾸며주었다. 천장까지의 높이는 5미터나 된다. 완성된 내부 공간은 시로카네다이의 직영점과는 또 다른 1920년대의 모던한 건물과 조화를 이룬 느낌이었다. 스태프는 현지에서 채용했다. 관서 지방의 손님은 관서 출신의 스태프가 접객하는 것이 자연스럽다고 생각했기 때문이다.

교토에 매장을 열게 되었다고 지인에게 이야기했더니 모두가 짜기라도 한 듯 "교토는 쉽지 않을 텐데요"라고 말했다. 매장을 연 후에도 마치 탐색하듯 "교토에서 장사하기 힘들죠?" 하고 물어왔다. 교토에서는 새로운 것, 새로운 가게가 받아들여지는 데까지 시간이 걸린다며 입을 모았다. 교토에서 매장을 낸다면 의류 브랜드로서는 백화점에 입점하는 것이 제일 낫다고 생각하는 듯했다. 아무래도 그것이 일반적인 길일 것이다. 하지만 내 계획은 차근차근 시간을 들여 장소를 물색한 뒤 어디에도 없는 특별한 매장을 만드는 것이었다. 다른 사람들이 상식 밖이라고 생각해도 나는 불안해하지 않았다.

교토점의 개점일이 다가왔다. 예상 외로 오픈 시간 전부터 긴 행렬이 이어졌다. 교토점의 출발은 시로카네다이점 오픈 때 이상의 반향을 얻었다. 그 후에도 손님의 발걸음은 끊이지 않았다. 같은 빌딩 안에 있는 다른 층도 차츰 미나의 공간으로 변모해갔다. 갤러리 겸 숍, 오리지널 섬유로 만든 소품을 중심으로 한 숍, 키즈 라인의 공간, 패브릭을 판매하는 숍 등으로 개장해 이 빌딩을 찾는 손님이 미나의 다양성과 생각을 엿볼 수 있는 공간을 만들었다. 외국 손님을 포함해 멀리서 오는 사람들도 적지 않았다. 교토 관광 중에 들르는 손님도 있었다. 교토점은 교토만의 풍경과 어우러져, 미나만의 새로운 계획과 생각을 보여주는 일종의 쇼케이스 같은 공간이 되었다.

놀라움을 안겨준 마츠모토(松本)점과
오래된 민가를 개조한 가나자와(神奈川)점

다음 직영점은 나가노(長野)현의 마츠모토에 열었다. 직영점을 준비하는 과정에서 교토점 때보다 더 놀라운 일이 있었다. 스태프의 현지 채용 면접에서 반대로 지원자에게 질문을 받은 것이다. 왜 마츠모토에 매장을 내냐는 당황스러운 질문이었다. 목공예 작가 미타니 류지 씨를 알게 된 후 마츠모토를 자주 방문하면서 어느 순간 마츠모토의 거리가 마음에 들어왔다. 직영점을 내고 싶은 이유는 마츠모토라는 도시에 애착이 생겨서였다. 미타니 씨의 갤러리 겸 매장 '10센티미터(10cm)'가 있는 거리에 오래된 약국이 하나 있는데 그 자리를 임대한다는 소식을 듣고 빌리기로 했다.

약병을 올려두기 위해 설치한 선반이나 조제용 받침대 등 약국의 모습은 가급적 그대로 활용했다. 길가에 맞닿은 건물 정면은 도예가 안도 마사노부 씨가 직접 구워준 타일로 꾸몄다. 묘한 빛을 내는 녹색 그라데이션의 사각 타일이었다. 마츠모토 거리의 풍광에는 이 색조가 적격이라고 느껴졌다. 상가에 늦게 입점한 매장으로서 지나치게 눈에 띄지 않으면서도 조용한 존재감을 드러냈다. 10년이고 20년이고 예전부터 쭉 거기에 있었던 것처럼 조화로웠다. 현지인들이 자신이 사는 거리에 미나 페르호넨이 있다는 것을 인식하고 미나를 통해 기쁨을 나누는 관계를 맺을 수 있기를 바랐다.

도쿄나 교토에 비하면 손님이 적다. 그러나 마츠모토에 미나 페르호넨의 매장이 있다는 것만으로도 미나의 브랜드로서의 방향성을 말이 아니라 메시지로 전할 수 있다. 단순히 큰 상권에 직영점을 내는 것이 아니라 역사와 문화가 축적된 곳에 미나가 스며들어 그 거리의 일원이 되는 방식. 마츠모토 출신이 아닌 미타니 류지 씨가 이곳에 정착하게 된 것 역시 마츠모토만의 독특한 분위기 때문일 것이다. 미나 역시 공예처럼 손으로 만들어내는 것을 중요시한다.

또한 마츠모토는 열려 있는 도시이기도 하다. 매년 여름 '세이지 오자와 마츠모토 페스티벌'이 개최되어 세계 각지에서 사람이 몰려드는 국제적인 도시다. 오랜 시간 예술을 가꾸고 지켜나가고자 하는 도시의 지속적인 힘도 간과할 수 없다. 마츠모토점이 있는 거리에는 최근 새로운 가게도 많아졌다. 옛 거리만의 느릿한 신진대사를 보면서 거리는 일종의 생명체라는 것을 절실히 느낀다. 미나도 마츠모토를 구성하는 작은 가지나 잎이 되어 광합성을 하고 바람에 휘날리기도 한다.

가나자와에서도 2년 정도의 시간을 들여 적절한 장소를 찾았다. 앞으로의 수십 년을 생각하면 2년이란 기간은 결코 길지 않다. 원래 우리에게는 직영점을 낼 방침도, 뜻도 없었다. 문화나 기풍이 좋은 장소에 좋은 건물이 눈에 띄면 직영점을 낼 뿐이다. 서두를 이유는 하나도 없었다.

교토, 마츠모토에 이어 가나자와에 직영점을 내고자 한 것은 그럴 만한 이유가 있었다. 전쟁 중에도 공습을 받지 않아 오래되고 아름다운 거리의 풍경이 그대로 보존되었기 때문이다. 공예와 음식 문화에 대한 관심도 높다. 2년의 시간이 흘러 바라던 중 가장 최고의 건물을 만났다. 가나자와 21세기미술관에서 걸어서 약 15분, 이시비키(石引)라는 거리에 다이쇼(大正) 시대▪의 목재상이 세운 창고 딸린 옛 민가가 있다는 연락을 받았다. 이시비키라는 지명은 가나자와성을 지을 때 사용한 돌을 끌어다 운반한 길이라는 뜻에서 유래했다. 목재상의 집에서 차도로 나와 우회전해 직진하면 먼저 공원 겐로쿠엔이 모습을 드러내고 그 앞에는 가

▪ 일본 다이쇼 천황의 통치기(1912~1926년).

나자와성 공원이 있다. 그리고 공원 왼쪽에 가나자와 21세기미술관이 자리하고 있다.

건물은 목재상의 저택답게 80년이 넘도록 당당한 위용을 뽐내며 그 아름다움을 잃지 않았다. 솜씨 좋은 장인의 손길이 곳곳에서 느껴진다. 바닥부터 천장, 기둥, 맹장지, 장지문 등 곳곳이 변형 없이 보존되어 있다. 시간의 흐름 속에 고요히 잠든 목재, 낡은 유리창의 아름다움, 곳간의 묵직한 공간감에는 풍설에도 아랑곳하지 않고 그대로의 모습을 유지해온 저력이 느껴진다. 그러면서도 전체적인 인상이 무겁지만은 않다. 도리어 가벼움마저 느껴진다. 이렇게 가나자와의 직영점에서는 다이쇼 시대부터 흘러온 시간도 만날 수 있다. 적어도 100년은 지속되는 것을 목표로 하는 미나 페르호넨에게 시간은 언제나 중요한 주제다. 가능한 한 오래도록 차분하고 침착하게 이어갈 수 있는 브랜드가 되길 바란다.

직영점으로 선택한 장소인 시로카네다이, 교토, 마츠모토, 가나자와에는 도시가 가진 풍취와 시간을 보내는 방식에 공통적인 향기가 있다. 그렇다고 해서 이러한 매장 선택 방법을 비즈니스 모델로서 일반화할 수 있는 것은 아니다. 어디까지나 본능적인 감각에 가깝다. 시간을 들이는 방법, 그리고 그 결과에 대한 판단기준은 이미 내 안에 있다.

제품이 팔리지 않는다면 무엇이 부족한지 어떻게 해야 손님에게 구매하는 기쁨이 생길지 고민한다. 나는 그것이 진정한 비즈니스라고 생각한다. 브랜드에게 직영점이 갖는 의미는 브랜드의 제품이나 손님과의 만남이 모두 그곳에서 시작해 그곳으로 되돌아간다는 데에 있다. 브랜드에 대해 알고 싶다거나 경험해보고 싶은 손님에게는 우선 직영점을 방문해달라고 부탁한다. 손님과의 오랜 만남은 매장에서 시작된다. 일에 있어서도 매장이 있기 때문에 다양한 발상이 가능한 것이다. 직영점 덕분에 손님의 목소리가 응원이 되고 일에 대한 힌트도 얻을 수 있다. 가나자와점을 찾아가 보면 옛 민가 건물 자체가 훌륭하다. 툇마루에 앉아 여유롭게 차를 마실 수 있고 바닥은 평평한 가죽으로 덧대어 그 독특한 촉감이 발바닥으로부터 전해져온다. '다음에는 교토점에도 가보고 싶어'라는 방문 소감에서 알 수 있듯 이러한 좋은 경험은 훗날 또 다른 경험에 대한 기대로 이어질 것이다.

각지에 직영점을 두게 되면서 온라인 스토어의 손님도 꾸준히 늘어갔다. 직영점 공간에서 직접 피부로 느낀 경험과 옷을 사 입은 기억들로 인터넷에서도 안심하고 살 수 있게 된 것이라 생각한다. 온라인 스토어를 찾는 고객을 위해서도 직영점이라는 실제 공간에서 쌓은 풍부한 경험은 매우 중요하다. 직영점에서나 온라인 스토어에서나 손님을 대하는 자세는 변하지 않는다. 손님과의 커뮤니케이션은 언제나 마음을 다해야 한다.

물론, 손님 개개인을 상대로 하는 일에는 불만이나 클레임도 따르는 법이다. 이에 대해 우리에게 부족한 점이나 잘못이 있을 경우 최대한 정중한 자세로 고객이 납득할 만한 방향으로 해결되도록 노력한다. 손님과의 대화에서 반성과 개선점을 정리해 손님이 미나에 대한 기대를 잃지 않도록 한다. 온라인 구매가 늘어나도 손님의 표정을 놓치고 싶지 않을뿐더러 손님이 내는 목소리 또한 확실히 들어두고 싶다. 그러한 의미에서도 직영점이라는 장소는 미나 페르호넨이 항상 같은 자리에 있다는 안정감과 집과 같은 아늑함을 제공할 수 있어야 한다고 생각한다.

일상생활로의 확장

브랜드가 성장하면 세컨드 라인의 브랜드를 하나 더 출시하는 확장 방식이 있다. 가격을 조금 낮게 설정하고 더 많은 고객이 찾을 수 있도록 자매 브랜드를 만들면 그 저변이 확대되어 브랜드 전체적으로도 새로운 성장을 기대할 수 있다. 이는 패션 업계가 자주 채용하는 방식이다.

그러나 저변을 확장하겠다는 목적과 달리 오히려 저가 브랜드가 중심이 되어갈 것은 뻔한 일이다. 자수 같은 세심한 디테일에 비용을 들여 브랜드를 지키고 키워왔는데 저가 생산에 집중하면 미나 페르호넨의 세계관이 약해질 수 있다. 디자인의 초점도 흐려진다. 따라서 가격을 낮추는 확장 방법이 아니라, 일상생활을 조금 더 특별하게 해주는 옷을 브랜드의 축으로 삼아 다양한 디테일을 제안해보는 것이 어떨까 생각했다. 지루하게 반복되는 일상에서 멋을 내는 것은 특별한 일이 아니며, 일상이야말로 힘을 북돋아줘야 하는 시간이라고 생각한다. 그런 일상을 위해 미나 페르호넨에서 제안할 수 있는 것을 고민했다. 그 결과 평소에 사용하는 생활필수품을 만들어 그 영역을 넓힌다면 브랜드의 본체인 옷에도 좋은 영향을 줄 수 있다는 생각에 이르렀다.

브랜드를 시작한 지 얼마 지나지 않은 1999년, 첫 인테리어 제품으로 미나의 패브릭으로 만든 지라프 체어(Giraffe Chair)를 디자인했다. 같은 시기 의뢰를 받아 만든 도자기 디자인도 2008년부터는 판매용 상품으로 만들기 시작했다. 남은 패브릭으로는 브로치, 쿠션, 가방 등 소품류의 상품을 만드는 데 주력했다. 패브릭 자체도 커튼이나 침대 커버, 소파 커버 등 고객이 원하는 용도에 따라 폭넓게 사용할 수 있도록 계량 판매를 시작했다.

2016년, 우리 브랜드 이외에 북유럽을 중심으로 다양한 나라에서 찾아 모은 빈티지 제품이나 수공예품을 파는 카페 레스토랑 겸 편집숍 '콜(call)'을 오픈한 것도 그 연장선상에 있는 새로운 시도였다.

그 시도는 미나 페르호넨이 주로 전람회를 여는 오모테산도의 스파이럴의 제안으로 시작되었다. 5층에 있는 테라스 딸린 레스토랑이 폐점하여 그 자리에 미나 페르호넨의 직영점을 열면 어떻겠냐는 제안이었다. 오랜 시간 자주 방문하던 곳인데도 5층에 밖과 연결된 테라스가 있는지조차 모르고 있었다. 이 빌딩을 설계한 건축가 마키 후미히코 씨가 특별히 신경써서 만든 것이 5층의 테라스라고 한다. 오모테산도에 있는 모던한 빌딩 안에서 햇빛과 바람을 느끼며 식사를 할 수 있는 이러한 특별한 장소에 직영점을 내면 테라스라는 공간은 살릴 수 없다는 생각이 들었다. 그래서 단순히 옷을 파는 직영점이 아니라, 카페 레스토랑과 편집숍이 함께 공존하는 공간으로 만들자는 결론에 다다랐다.

예전부터 시로카네다이점에는 앤티크 가구나 유리 세공품, 심지어는 판매용 제품인지 아닌지 헷갈리는 소품들을 진열하고 있었다. 잠시 앉을 수 있는 소파나 한 장 한 장 넘겨보고 싶게 만드는 책도 있다. 미나 페르호넨이 지향하는 생활의 단면을 엿볼 수 있도록 편안하고 아늑한 분위기를 연출하기에 괜찮은 것들을 모으고 있었던 것이다. 이렇게 모은 것들을 좀 더 적극적으로 손님들에게 선보이면 어떨까. 내 취향대로 모은 물건들로 마켓 같은 매장을 만드는 것이다. 물건뿐만 아니라 산지에서 직송한 유기농 야채와 많은 사람이 애용하는 식재료 등을 판매하면서 가볍게 식사도 제공하는 카페 레스토랑이라면 마키 후미히코 씨가 공을 들인 테라스도 그 생명력을 잃지 않을 것이다.

세계 각지를 여행할 기회가 많은 나는 각 도시의 골동품점이나 고서점, 파머스 마켓에 반드시 들른다. 그래서 마음에 드는 물건이 있으면 사와 일상에서 사용한다. 옷을 만들 때도 비슷한 기쁨이 있다. 여행지의 작은 마을의 풍경이나 그곳에서 우연히 얻은 물건들이 옷이나 섬유 디자인의 아이디어가 된다. 여행지에서 이루어지는 모든 만남은 나의 창작의 원천이 된다.

낡은 것, 오랜 시간 사용해 손때가 묻은 것, 긴 세월 이름을 지켜온 것들에 끌리는 이유는 무엇일까. 그것은 사람들의 이야기와 역사가 담겨 있기 때문이다. 장인의 대대로 내려오는 기술 자체가 그 물건의 아름다움을 돋보이게 하기도 한다. 시간을 건너온 것은 단순한 물건이 아니다. 대량 생산 제품에는 없는 만든 사람의 개성이나 손길이 남아 있는 물건을 우리 매장에서 보고 만지고 손에 넣을 수 있으면 얼마나 좋을까.

이러한 염원을 담아 새로운 가게 '콜(call)'이 탄생했다. 크리에이터인 지인도 참여했다. 내장 공사를 담당해준 랜드스케이프 프로덕트의 나카하라 신이치로 씨를 비롯해 미타니 류지 씨, 쓰지 가즈미 씨, 안도 마사노부 씨 등 많은 사람의 힘을 빌렸다. 식재료는 이와테(岩手)에서 무농약 농사를 짓고 있는 누나가 보내주기로 했다. 전국 각지에서 직접 주문해 맛있다고 생각한 것들만 선별하여 파머스 마켓처럼 진열해두었다.

'콜'에서 시도한 다른 한 가지는 스태프를 모집할 때 나이 제한을 두지 않는 것이었다. 우선 나이가 많은 사람은 경험이 풍부하다. 골동품이나 식재료에 대해 우리가 모르는 지식이 있을지도 모른다. 손님에게도 연륜이 깊이 묻어나는 접객을 기대할 수 있을지도 모른다. 반드시 풀타임 근무일 필요도 없다. 시간제로 일주일에 며칠 혹은 오전 근무만 해도 괜찮다. 젊은 스태프와의 교류에서도 서로에게 좋은 자극을 줄 것이다. 일을 한다는 것은 원래 창조적인 것이라고 생각한다. 손님의 입장에서도 그러한 스태프가 있다면 쇼핑을 통해 얻는 경험의 질이 바뀐다. 그때 맛본 기분이나 시간은 스태프와 손님 모두에게 무엇과도 바꿀 수 없는 경험이 될 것이다.

실제로 연령 제한을 두지 않고 '콜'의 스태프를 모집했는데 지원자 중에는 70세가 넘는 분도 몇 분 계셨다. 개장과 동시에 근무가 시작되었고 기대 이상으로 다양한 역할을 해내고 있다. 이러한 채용 시도는 성공적이었다.

외국 스태프와의 만남

'콜'에서의 경험을 바탕으로 2019년에는 2개의 매장, '에라바 I(elävä I)'과 '에라바 II(elävä II)'를 동시에 열었다. 'elävä(에라바)'는 핀란드어로 '삶'을 의미한다. 장소는 도쿄의 낡은 저층 빌딩이 늘어선 구 도매상가의 한 구석에 위치한 곳이다. 두 가게의 거리는 걸어서 1~2분. 둘 다 오래된 건물 안에 있다. 이 구역에는 낡은 빌딩이나 창고를 개조해서 차린 맛있는 레스토랑이나 카페가 있어 뉴욕으로 치면 10년 전의 소호 지구 같은 분위기도 감돈다. 산책하기에도 좋은 지역이다.

'에라바 I'은 평소에 사용하면서 즐거움을 느낄 수 있는 수공예 그릇과 도구를 중심으로 꾸몄다. 유기농 채소와 과일, 된장이나 양념 등의 조미료와 구운 과자도 준비했다. 2층은 갤러리로 운영하면서 무료한 일상을 채색할 수 있는 작품을 전시하고 계절에 어울리는 꽃을 활용한 꽃꽂이 레

슨도 진행하고 있다.

'에라바 II'에는 북유럽을 중심으로 한 빈티지 가구들을 모았다. 북유럽의 중고 가구점에서는 보통 수리가 끝난 것을 판매하지만 우리는 수리하는 방법이나 원단 등을 상담을 통해 손님이 선택할 수 있도록 했다. 미나 페르호넨은 직접 원단을 만드는 브랜드이므로 꼭 필요한 부분이라고 생각했다. 빈티지 테이블 웨어와 오브제, 아트피스도 준비했다. 또한 미나 페르호넨의 과거부터 현재까지의 섬유 아카이브를 공개하여 미나가 지나온 시간을 온몸으로 느낄 수 있도록 했다. '콜'에서의 경험을 살릴 수 있는 새로운 방식이었다.

여기에서도 흥미로운 만남이 있었음을 적어두고 싶다. 핀란드 여행 중 빈티지숍에서 물건을 사다가 우연히 만난 데이비드라는 남자가 '에라바 II'의 핵심 멤버가 되었다. 외국 빈티지숍에서 구매한 것들은 보통 함께 간 스태프가 직접 포장해서 일본으로 발송 수속을 해준다. 그러나 그때는 혼자인 데다 체류시간이 짧아 발송할 여유가 없었다. 쇼핑을 하던 중 가게 주인의 친구처럼 보이는 남자가 눈에 띄었다. 누군지도 몰랐지만 슬쩍 부탁을 했더니 데이비드는 내 발송 작업을 도와주었다. 놀라운 것은 그가 한 포장이 정성스럽고 정확하며 깔끔했다는 점이었다. 우체국까지 함께 짐을 옮겨주고 수속도 척척 밟아나갔다. 처음부터 끝까지 깔끔한 일 처리에 완전히 반해버린 나는 내일과 모레, 시간이 있다면 도와달라고 부탁하자 그는 선뜻 좋다고 대답했다.

그는 나의 빈티지한 물건에 대한 관심과 성향을 금방 이해했다. 빈티지 물건에 대한 감도 있는 듯했다. 다음 날 구매를 도와주는 그의 모습은 갑자기 하늘에서 내려온 기적의 동반자 같았다. 한 번의 만남으로 데이비드와의 인연이 끝나버리는 건 아쉽다고 느껴졌다. 일본에서 오픈 예정인 '에라바'에 대해 데이비드에게 설명하고 매장을 꾸밀 제품들의 구매를 도와달라고 부탁했다. "우연한 만남이지만, 너는 훌륭한 파트너야. 나는 이제부터 반년간 너를 믿을게. 그 반년 동안 너도 나를 신뢰해주면 좋겠어. 월급을 지급할 테니 제품 구매를 도와줄 수 있을까?" 데이비드의 본업은 피트니스의 개인 트레이너인데 내 제의를 받아들여 본업을 그만두고 이 일에 집중하게 됐다. 단 사흘 간의 인연에서 그도 무언가를 느낀 것이다. 서로 아무런 보장도 없는 믿음에서 나온 약속이었다. 귀국 후 곧바로 데이비드와의 협업이 시작되었다.

그의 능력은 탁월했다. 일본에서 이런 게 없을까 하고 요청하면 단시간에 훌륭한 물건을 찾아준다. 핀란드의 디자인 미술관에서 본 아티스트의 전시를 일본에서도 열고 싶은데 가능할지 물어보자 데이비드는 다음 날 바로 아티스트와 약속을 잡아 만나러 가서는 승낙을 받아왔다. 요청한 일에 대한 결과는 언제나 확실했다. 이런 우연한 만남이 있다니 정말 놀라웠다. 일반적인 회사라면 이런 형태의 채용은 하지 않을 것이다. 그러나 우연한 기회가 왔을 때 자신의 직감에 의지해 결단을 내리지 못한다면 모처럼의 기회는 달아날 뿐이다. 생각해보면 내가 '준코 코시노'의 파리 컬렉션을 도와준 것도, 모피 전문점에서 일하게 된 것도 우연한 제안으로 시작된 일이다. 그로부터 오랜 시간이 지나 이번에는 내가 손을 내밀 차례일지도 모른다.

데이비드가 적임자라고 생각한 데는 그가 빈티지 전문가가 아니라는 점도 컸다. 이렇게 함께 일하는 것이 데이비드에게도 신선한 경험이었던 것이다. 그 일을 지탱해주는 것은 빈티지에 대한 전문 지식이 아니라, 나와 데이비드의 신뢰 관계였다. 스카이프나 라인 같은 화상 미팅으로 직접 그의 표정을 보고 목소리를 들으며 일의 내용을 판단할 수 있었다. 인터넷의 힘도 큰 도움이 됐다. 가장 놀라웠던 것은 데이비드에게 이런 연락을 받았을 때였다. 알바 알토가 디자인한 초등학생용 의자를 200개 정도 구할 수 있을 것 같다는 내용이었다. 핀란드의 시골에서 그가 혼자 힘으로 찾아낸 것이다. 그는 가끔 스웨덴의 퍼니처 페어에 다녀오려고 하는데 차를 빌려도 되는지 물어본다. 그러고는 내가 원하는 물건을 찾으러 직접 운전해서 돌아다닌다. 발놀림도 가볍다. 핀란드에서 빈티지 물건을 보관할 창고도 빌렸다. 관리는 그가 맡고 있다. 개인 트레이너였던 사람에게는 이러한 새로운 일이 과감한 변화였을지도 모른다. 그러나 '상대의 몸에 무엇이 부족한가, 어떤 운동과 스트레칭이 상대의 몸에 도움이 되는가' 등의 일대일 커뮤니케이션을 해온 그의 경험에는 새로운 일을 해나가는 데 도움이 될 만한 부분들이 있었을 것이다.

한 가지 분야에서 일을 하며 얻은 경험은 완전히 다른 분야라 할지라도 그 힘을 발휘할 때가 있다. 일을 하면서 얻은 능력의 응용 범위가 저절로 좁아지는 일은 없다. 지금 하고 있는 일을 성실하게 공들여 해내서 자신의 경험과 실력으로 만드는 것. 지금 제대로 일하면 다음에 하는 일에도 큰 도움이 된다. 데이비드를 보면 그런 생각이 든다. 나 역시 내가 독립할 때까지 일을 대충 한 적은 없다. 참치 손질도 열심히 했다. 모피 가봉도 한 땀 한 땀 소홀하지 않았다. 손재주가 없었기 때문에 더욱 정성을 들였다. 그러다 보면 언젠가 잘하게 되리라 믿었다. 데이비드는 나보다 훨씬 능력 있는 사람이지만 한결같이 진지한 모습은 어딘가 반갑고 친밀하게 느껴진다. 데이비드는 어떤 마음으로 일하고 있을까.

8

좋은 기억을 만드는 일

일하는 기쁨

1990년대 초 거품 경제가 끝나면서 노동에 대한 부정적인 이야기들이 수면 위로 떠올랐다. 긴 근무시간에 월급은 적고 휴가도 내기 힘든 근로조건을 갖춘 기업은 블랙 기업이라 불렀다. 내가 일을 시작한 스무살 전후에는 블랙이라는 표현은 없었지만 3D라는 말은 종종 들었다. 주로 막노동을 하는 직장에서 힘들고(difficult), 더럽고(dirty), 위험하다(dangerous)라는 뜻으로 쓰였다. 그런 의미에서 나 역시 힘들고 위험한 일을 경험했는지도 모른다. 물론 그때의 나는 전혀 그렇게 생각하지 않았다. 근무조건을 기준으로 블랙인지 아닌지 판단한다면 나는 여러 가지 상황을 따져봐도 블랙인 일을 해온 셈이다. 장기간 노동으로 좀처럼 휴가를 낼 수 없는 때도 있었으니 말이다.

나는 직종이나 근로조건이 미치는 영향력과 그 가치는 사람마다 다르다고 생각한다. 일하는 사람이 그것에 대해 어떻게 생각하느냐에 따라 크게 달라지기 때문이다. 쉽게 말하면 노동자가 시키는 일을 어쩔 수 없이 한다면, 직종이나 근로조건에 상관없이 누구나 일을 하는 것이 힘들어진다. 월급은 물론, 근로환경, 동료와의 관계, 업무 내용에 대해 의문을 갖게 되면 내 안의 중심이 흔들리기 시작한다. 오셀로 게임(Othellogame)■으로 예를 들면, 자신의 흰색 돌을 검은 돌이 사방으로 에워싼 형국인 것이다.

일하는 것은 본래 창조적인 것이다. 참치 손질, 옷의 수선, 원단의 재단이나 가봉, 직접 만든 옷을 자동차에 실어 영업하는 것은 물론 심지어 한 벌도 팔지 못하고 돌아오는 때조차 창조적인 일이다. 창조의 씨앗은 실패하는 것, 잘 못하는 것, 좋은 평가를 받지 못하는 것으로도 소중한 싹을 틔울 수 있다. 나의 경우는 그랬다.

인간은 불가사의한 동물이다. 야생동물이 먹고, 성장하고, 자손을 남기는 사이클 속에서 살아간다면 인간은 그런 사이클 밖으로 한 발 내디뎌 그 무한한 반복에 휘말리지 않도록 노력한다. 새로운 무언가를 표현하거나 지금까지 없던 기술이나 방법을 발견해내는 생물이다. 도구를 사용해

■ 두 사람이 하는 반상(盤上) 게임의 하나. 64구획의 반에 흑백 표리(表裏)로 된 동그란 말을 늘어놓고 상대편의 말을 자기의 말 사이에 끼이게 하여 자기 말의 색깔로 바꾸어가면서 승패를 결정한다.

사냥을 하고 곡식을 재배하고 불을 피워 요리를 한다. 네 발로 걷다가 두 발로 서서 손을 사용해 새로운 것을 만들어 낸다. 옷을 만들어 입게 된 것도 무언가의 발견에서 시작되어 누군가가 부지런히 손을 놀린 결과다.

또한 생존 욕구에 뇌의 움직임도 활발해지면서 상상력을 발휘하기 시작했다. 그에 따라 기술이나 방법도 조금씩 혁신을 이루어냈다. 농업은 조직화되었고 불을 쓰는 음식에 향신료를 추가했으며 옷도 만들어 입었다. 촌락은 마을이 되었고 마을이 모여 작은 나라가 세워졌다. 그리고 아마 왕이 존재하면서부터 시켜서 일한다는 개념이 생겼을지도 모른다. '시켜서 하는 일'에 대한 부정적인 감정은 정보 혁명과 함께 만들어진 AI가 사람이 할 노동의 대부분을 대신하게 된다고 해도 사라지지 않을 것이다.

시켜서 하는 일이라고 느끼는 순간 멈춰버리는 것이 있다. 그것은 바로 상상력이다. 우리는 모든 일에 상상력을 펼칠 수 있다. 청소기를 돌리거나 유리창을 닦을 때, 설거지나 화장실 청소를 하면서도 상상력을 발휘할 수 있다. 상상력은 단순 노동에서 변화를 이끌어낼 힌트를 발견하는 힘이다. 구두닦기 고수들은 어떤 브러시를 어느 단계에서 사용할 것인가부터 얼룩을 효과적으로 제거하는 방법, 크림의 적당량, 닦는 천의 종류, 닦는 방향, 힘의 세기 등 지식과 경험을 바탕으로 순서를 도출해 몸에 배어 있는 기억에 따라 구두를 닦을 것이다. 그런 의미에서 나를 만나러 온 단골 손님과의 대화 역시 일하는 기쁨 중 하나임에 틀림없다.

그러나 누군가 시킨 일을 한다고 느끼는 순간 상상력의 출입구는 쿵 하고 닫혀버린다. 내가 하는 크고 작은 모든 일이 무의미하게 느껴지고 결국엔 포기하고 싶어진다. 나는 내가 하고 싶은 것을 추구하다 보니 결과적으로는 장시간 노동을 하는 셈이 되어버렸다. 시간 가는 줄 모르고 일에 매진한 것은 일이 재미있었기 때문이다. 한 가지 일을 끝냈을 때 피곤함과 동시에 기쁨과 충만함을 느낀다. 이런 사람에게도 그러한 근로조건은 '블랙'이라고 말할 수 있을까.

물론 월급이 적고 근무시간이 길수록 좋다는 건 아니다. 쉬지 않고 일하라는 것도 아니다. 그러나 자연을 대상으로 하는 농업, 임업, 어업 등에 종사하는 사람은 결과에 대한 보장도 없이 각자의 분야에서 동트기 전부터 일을 한다. 혹은 수개월 동안 먼바다에 나가 있을 때도 있다. 비록 수확하기 가장 좋은 날이 휴일이더라도 농부들은 망설임 없이 밭으로 향할 것이다. 근로조건의 관점에서 보면 제1차 산업은 근로시간의 불규칙성부터가 이미 블랙의 조건이다. 나의 누나는 농업에 종사하고 있다. 물론 고생은 하지만 여전히 그 일을 하면서 기쁨을 느끼고 있다. 제1차 산업에 종사하는 사람들은 자연이라는 거대한 힘 앞에서 수동적 존재일 수밖에 없지만 일만큼은 능동적인 자세로 임한다. 풍성한 수확을 얻어 미소가 가득한 얼굴에는 마음에서 우러난 기쁨이 흘러넘친다.

전쟁이 끝나고 고도경제성장이 이어지면서 많은 사람이 제3차 산업인 소매업이나 서비스업종에서 일하게 되었다. 그 무렵부터 시켜서 일한다고 느끼는 사람이 조금씩 늘어났을지도 모른다. 제3차 산업의 특성상 내가 만든 것을 직접 손님에게 전하는 풍경은 보기 어려워졌다. 일을 한다는 것은 회사에 취직하는 것과 거의 같은 의미로 인식되면서 일을 한 대가로 내가 얻을 수 있는 것은 월급의 명세표나 직급이 되어버렸다. 이러한 노동환경에서 일하는 것의 의미나 가치를 실감하기 어려워졌을 것이다.

스페셜리스트(specialist)와 제너럴리스트(generalist)

일반적인 대기업의 인사이동에 대해 들으면 영업부에서 기획부로, 다음엔 총무부로 가는 등 여러 부서를 경험하는 경우가 많은 듯하다. 장래에 경영진이 될 만한 간부 후보자라면 회사의 운영 방식이나 그들이 실제로 어떤 일을 하는지를 경험해두는 것은 필요할지도 모른다. 대기업의 경우, 노조위원장은 출세 가도에 오른 사람이 맡는 역할로 일찍부터 회사의 경영상태를 파악하고 노무관리도 배운다는 이야기를 들었다. 회사의 입장에서 필요한 인재는 가지고 있는 지식이나 경험, 기술이 특정 분야에 집중된 스페셜리스트보다, 다양한 영역에 걸쳐 있는 제너럴리스트다. 이런 기준으로 대기업의 인사이동이 이루어지는 듯하다.

그러나 다시 생각해보면 이러한 인사 방식은 신규 졸업자로 취직한 회사에서 정년까지 일하는 것이 보통이던 시대의 방식이다. 곧 처음 취직한 회사에서 정년까지 근무하는 것이 전제되어야 가능한 사고방식이자 시스템인 것이다.

미나에서는 경영진이 되기 위해 여러 부서를 경험해야 한다는 룰은 없다. 물론 다른 부서로 옮겨서 일하기를 희망한다면 그것은 가능하다. 예를 들면 판매에서 기획으로 옮기고 싶은 사원이 있다면 회사에 요청하여 일주일에 한 번 기획 일에 참여해 프레젠테이션을 시켜보는 등의 방법이 있다. 다만 획기적인 기획력이 없는 프레젠테이션을 한다면 그 사원이 기획으로 이동한다고 해도 일을 하는 것이 고통스러운 것은 당연한 일이다. 스페셜리스트에게는 하나를 깊이 파고드는 힘만이 아니라 그것을 지속할 수 있는 힘도 필요하기 때문이다. 스페셜리스트는 장거리 달리기 선수와 같은 것이다.

그렇다면 장거리 주자에게는 어떤 골인 지점이 있을까. 창업한 지 25년이 된 미나 페르호넨에는 아직 정년에 관한 실례가 없다. 이미 언급한 대로 오모테산도에 있는 매장 '콜'의 스태프도 연령에 제한을 두지 않았다. 일할 능력과 나이는 비례하지 않는다. 일의 성과를 낸다면 그 성과로 평가되어야 한다고 생각한다. 예순을 넘어 정년을 연장하거나 고용 형태를 바꿔 일률적으로 급여를 줄이는 방법은 비정상적이라고 생각한다. 급여는 간단하고 납득하기 쉽도록 그 사람이 한 일에 맞게 주어야 한다.

내가 미나에서 사장이 아니라 한 명의 디자이너로서 디자인을 계속 해왔다면 80세가 넘었다고 해도 그에 맞는 월급을 주면 된다. 디자인을 하면서 근무시간의 반을 졸고 있다면 혹은 만든 디자인의 상품 가치가 반으로 줄어들었다면 급여를 반으로 줄이면 된다. 일할 시간에 졸기만 하면 잘릴 것이다. 그만큼 단순한 것이다. 단순히 연령으로 정하는 정년이라는 사고방식 또한 매년 많은 인원을 일괄 채용하는 대기업에서 자연스럽게 사람들을 몰아내기 위한 시스템의 일부에 지나지 않는다. 안타깝게도 그런 사고방식에는 일을 한다는 것의 본질이 전혀 반영되지 않는 것이다.

장거리 주자인 나에게 떠오르는 골인 지점은 없지만 '어디까지 달릴 수 있을까' 머릿속으로 그려본 적은 있다. 하지만 여전히 목표로 하는 골인 지점은 아직 없다.

이해와 공감

어디까지 달릴 수 있는가는 일하는 기쁨이 있는지 없는지에 달려 있다. 일하는 기쁨이 그 조건을 능가할 정도로 크다면 오셀로 게임의 검은 돌은 흰색 돌로 바뀔 수 있다. 물론 인간의 존엄성을 잃을 정도로 강제적인 노동이라면 검은 돌은 그대로일 것이다. 두말할 필요도 없이 일하는 기쁨 역시 생기지 않는다. 반면 아무리 근로조건이 좋아도 일하는 기쁨이 없으면 흰색 돌은 그냥 흰색인 대로다. 돌이 뒤집혀 색이 바뀔 때에야 기쁨이 생긴다. 설령 흰색 돌이라고 하더라도 흰색인 채로 계속 변하지 않는 것 또한 허무할 것이다. 흰색이 검은색이 되고 검은색을 다시 흰색으로 바꾸는 과정과 변화에 기쁨이 있다. 손을 움직이고 머리를 굴리다 보면 무언가가 뒤집히고 어느새 잘할 수 있게 되는 순간이 온다. 뿌린 씨가 어느덧 싹이 트는 것이다. 일을 한다는 것은 그런 것이 아닐까.

그러나 '일에서 기쁨을 느낄 수 있는가'라는 이야기에 공감을 느끼지 못하는 사람이 많아질수록 일하는 기쁨은 근로조건에 따라 결정된다고 생각하는 사람 또한 많아지는 것 같다. 경제 상황이 악화되면서 제3차 산업에서 일하는 사람의 고충이 사회 문제로 대두되었고 그 상황은 날로 심각해지고 있다. 유감스럽게도 나 역시 그 해결책은 알지 못한다. 다만 나의 경험을 바탕으로 해줄 수 있는 말은 한 사람의 인생에서 일하는 것의 기쁨과 의미에 대한 것뿐이다.

젊은 사람들은 자신들이 불행한 시대에 살고 있다고 생각할지 모르겠다. 그것에 대해 부정할 생각은 없다. 하지만 어떤 시대를 살아가든 강제노역이 아닌 한 직업을 선택하고 그만둘 자유는 누구에게나 있다. 전쟁 같은 불가항력의 상황을 제외하면 자신의 인생의 사소한 부분까지 스스로 결정할 수 있다는 것을 잊지 않기를 바란다.

또 하나는 자신이 하는 일에 대해 다시 한번 검토해보기를 바란다. 지금 하는 일을 적어도 블랙으로 만들지 않기 위해, 상상력을 발휘하여 긍정적인 부분을 발견하려는 노력도 필요하다. 그럴 여지조차 없다면 그 직장에서 일하는 것을 재고하는 편이 나을지도 모른다. 비록 작은 가능성이라 해도 그 안에서 나에게 긍정적인 효과를 줄 만한 일을 할 수 있다면 일하는 기쁨은 반드시 생긴다. 나는 그렇게 생각한다.

근로조건은 기쁨이나 행복을 결정짓는 요인이 아니다. 오늘 하루 자신이 어떻게 일할지 미리 머릿속에 그려보고, 일과를 마친 후 하루를 되돌아보았을 때 그 일을 잘 해냈다고 느낀다면 그것이야말로 일하는 행복이 아닐까. 일하는 기쁨은 미리 준비되어 있는 것이 아니라 내면에서 만들어 가는 것이다.

미나 페르호넨은 옷을 만들고 판다. 물건을 만들어 파는 기쁨은 무엇일까? 그것은 내 손으로 만든 옷을 이해하는 사람이 나타나는 기쁨과 같다. 또한 의류 제작 관계자나 다양한 형태로 협력해준 사람에게 감사함을 전할 때의 충족감이기도 하다. 자연에서 얻은 소재를 낭비하지 않아도 된다는 안도감도 있다.

옷가게는 아주 작게 시작할 수 있는 업종이다. 나의 첫 번째 작업실은 약 3평 크기의 작은 방이었다. 재봉틀 한 대, 천 한 장, 큰 테이블만 있으면 된다. 큰 회사나 조직도 필요 없다. 최소 단위로 시작 가능한 제조업 중 하나인 것이다. 빵집을 차리려면 오븐이 필요하다. 극단적으로 말하면 양복은 재봉틀이 없어도 바늘과 실과 가위만으로도 만들 수 있다. 단순히 손에 의지하는 일이다.

나의 일상은 지금도 거의 변함이 없다. 아침에 눈을 뜨면 '아, 오늘도 해야 할 일이 많구나'라는 생각이 제일 먼저 든다. 회사에 가면 여러 가지 일정이 순서대로 기다리고 있다. 이러한 것들 하나하나가 모두 보람 있다. 일을 마치면 집에 가서 맛있는 요리를 직접 해 먹는다. 이런 행복은 좀처럼 찾기 힘들다는 걸 매일같이 느끼고 있다.

내가 하는 일과 비슷한 분야에서 일하는 사람을 알게 되고 그들의 이야기를 듣는 것도 즐거운 일이다. 물건을 만드는 일에 이렇게 다양한 변화가 있고 디테일이 있다는 것을 느낄 때마다 혼자 조용히 감격한다. 각자가 걸어온 그동안의 여정을 엿보는 것만으로도 삶의 다양성이 느껴진다. 일이 잘 풀리지 않거나 실패나 좌절 등 부정적인 경험이 없는 사람은 지금까지 단 한 번도 만난 적이 없다.

만드는 어려움과 기쁨, 그 상반된 감정은 언제나 나의 양 손바닥 위에 올려져 있다. 건축가든 요리사든 우리의 일에 공감하는 사람을 만나면 '우리가 그 공감에 걸맞게 제대로 일을 하고 있을까'라는 걱정이 들어 갑자기 긴장이 될 때도 있다. 나는 그런 자극을 원하는지도 모른다.

내가 믿는 일을 계속하고 있으면 생각지도 못한 만남 또한 기다릴 것이다. 미나 페르호넨이 적어도 100년은 이어나가기 위해서는 브랜드로 통하는 창문과 문은 낮고 넓은 곳에 열어두어야 한다. 새로운 바람은 언제나 그곳으로 불어들어오기 때문이다.

좋은 기억

미나 페르호넨은 날개가 돋치듯 그 규모가 더욱 커져만 갔다.

미나는 옷뿐 아니라 원단 자체를 직영점에서 판매한다. 다이칸야마와 교토에는 핀란드어로 소재를 뜻하는 '마테리어리(materiaali)'라는 매장이 있다. 이 매장을 연 데는 몇 가지 이유가 있다.

우선 미나 페르호넨의 원단을 사서 직접 봉제해 옷을 만들면 매장에서 사는 것보다 자유롭게 미나를 즐길 수 있다는 점을 들 수 있다. 그리고 옷을 포함한 많은 것이 소비재로 취급되는 지금, 누군가를 위해 무언가를 만드는 경험을 소중히 여기고 싶은 마음이 또 다른 이유다. 아이를 위해 부모님이 무언가를 만들어주거나 친구에게 가방을 만들어 선물하는 것 등, 사는 것이 아니라 시간과 정성을 들여 만든 것을 주고받는 것에 대해 다시 한번 고민해보자는 마음에서 시작한 일이다. TV나 PC, 휴대폰에서 멀어지고 음악이나 라디오를 들으며 조용한 방에서 무언가를 만드는 시간은 오롯이 나 자신에게 집중하고 나의 내면의 이야기를 들을 수 있는 평온한 시간이다. 그런 충족감을 줄 수 있는 혼자만의 시간을 위해 만드는 사람의 마음을 담을 수 있는 소재를 제공하고 싶었다.

뭔가를 만들어 다른 사람에게 주는 것뿐만 아니라 스스로 선택한 패브릭으로 자신의 생활 영역의 색채를 바꿀 수도 있다. 의자나 소파의 커버를 직접 고르거나 커튼을 만들거나 나만의 침대보를 만들어도 좋다. 패브릭을 선택해 사이즈를 알려주면 미나에서 커튼을 제작하는 것도 가능하다. 만드는 건 우리여도 상관없다.

패브릭이 기성품이 아니라, 개인이 활용할 수 있는 소재로서 받아들여지도록 이미지를 바꾸고자 한 노력이 이미 많은 손님에게 전해졌다. 미나 페르호넨이 가진 패브릭의 다양한 변화를 이야기할 기회도 많아졌다. 옷만 팔아서는 보이지 않던 소재의 가치를 다시금 발견하는 일도 종종 있다. 미나가 나아가야 할 방향에 대한 힌트도 얻을 수 있었다.

나는 미나라는 회사를 경영하면서 '다음 세대에게 전해줘야 할 것은 무엇일까' 지난 10년간 계속 고민해왔다. 디자인이나 퀄리티에 대한 나의 집착은 어디에서 시작되었는지도 생각해본다. 이렇게 생각을 좁혀가다 보면 저 깊은 곳에서 모습을 드러내는 것은 아무래도 형태가 없는 것이라는 생각이 들었다. 애초에 패션이나 인테리어 등 다양한 디자인을 만들어내는 것으로 우리는 무엇을 하고 싶은 것일까.

미나는 전보다 훨씬 많은 가지와 잎을 뻗어나가고 있다. 그렇게 된 이유 역시 오랜 시간 머릿속을 맴돌던 고민들에 대한 답과 다르지 않다는 것을 깨달았다.

우리가 손님에게 제공하려는 것이 무엇인가.

그것은 바로 좋은 기억이다. 결국은 형태가 있는 물건, 그 자체가 목적이 아니라 사람 안에 남는 좋은 기억을 만드는 계기가 되는, 그것을 만들고 싶은 것이다. 나는 항상 궁금했다. 지금 만들고 있는 이것이 이것을 사고 입고 사용하는 사람에게 좋은 기억이 될 수 있을까. 그러면 좋겠다는 생각이 늘 마음에 가득하다. 지금은 크게 의식하면서 작업하고 있지는 않지만 결국 마음속 깊은 곳에서는 좋은 기억이 되기를 바라는 나를 발견하곤 한다.

조부모님이 운영하시던 수입가구 상점에서 외할머니는 어린 나를 가죽 소파에 앉히시곤 "이건 버팔로 가죽이란다"라고 일러주셨다. 이어 또 다른 소재를 만져보게 하시곤

"이건 카프라는 건데, 어린 송아지의 가죽을 가공한 거야. 부드럽지?"라며 가르쳐주시기도 했다. 아직도 그 감촉이나 냄새, 앉아 있던 소파의 느낌을 기억하고 있다. 그리고 외할머니의 온화한 목소리도. 그것은 아마도 평생 지워지지 않는 기억일 것이다.

내가 그랬듯 미나의 옷을 입은 기억이 옷과 함께 남는다. 손으로 쓸면 느껴지는 자수의 울퉁불퉁하고 딱딱한 표면, 미나의 가방에 소중한 것을 넣고 거닐던 거리의 풍경과 그때의 기분, 카페 레스토랑 '콜'에서 먹던 스프의 온도, 혀의 감촉, 입안으로 퍼지던 맛, 창밖 너머로 보이던 하늘색. 미나는 그렇게 조용히 그 사람을 지탱하는 '좋은 기억'을 만들어주는 물건이나 서비스를 제공하는 회사가 되고 싶다. 다음 세대에 전해야 하는 것을 말로 표현한다면 그렇게 정의할 수 있지 않을까.

미나의 아이디어와 디자인은 삶 속에서 태어난다. 보고 만지고 확인하면서. 인생의 좋은 기억에서 다음 아이디어가 번뜩이며 탄생하기도 한다. 제품이 해지면 다시 손을 보는 것처럼 아이디어나 디자인도 거듭해 손질한다. 그러면 또 다른 새로운 모양이 만들어진다. 착용감이나 사용감은 좋을까. 다른 방법은 없을까. 이게 최선일까. 이렇게 끊임없이 질문을 던지다 보면 그것은 반드시 미래의 형태와 디테일로 이어진다.

주류를 이루는 패션은 시즌을 기점으로 빠르게 변모하고 있다. 시즌이 지나고 시간이 흐를수록 이전 시즌의 옷들은 빛바래고 무대에서 자취를 감춘다.

그러나 미나의 옷은 긴 시간이 흘러도 퇴색되지 않도록 만들고 싶다. 몇 년 전 구입한 옷도 기꺼이 수선한다. 손님이 미나의 옷을 오래 입어주는 것 자체가 우리의 자랑이기도 하기 때문이다. 물론 그것이 유일한 정답이라는 건 아니다. 다만 우리는 그렇게밖에 할 수 없다. 올 시즌 지금 이 순간 입은 사람의 시간을 빛나게 만드는 패션의 선단에 서 있는 브랜드도 있다. 그 기억 또한 인생에서 오랫동안 남을 것이다. 좋은 기억은 몸에 지니고 있는 시간의 길이와 비례하지는 않는다. 기억의 힘이나 풍요로움이 좋은 기억을 가져다준다.

나는 생각도 만들기도 차분히 숙성해나가는 타입이다. 나에게는 단거리 주자 같은 순발력은 없다. 장거리 주자의 체질이나 근육의 성질이 단거리 주자와는 다르듯이 브랜드에도 다양한 유형이 있다고 생각한다. 지금 바로 뭔가 특별한 것을 하는 건 나에게는 불가능한 일이다. 차분히 생각하고 시행착오를 거듭하면서 서서히 이해를 높여가야만 안심하고 만들기에 임할 수 있다.

뭔가를 만들겠다는 의지에는 도착점이나 결론을 상정할 수밖에 없다. 그러나 과정과 결과는 항상 세트다. 결과가 있다고 과정이 필요 없는 것은 아니다. 하나의 결과 또한 긴 과정의 일부라고 생각한다. 과정을 계속해서 유지해야 한다. 미나도 마찬가지다. 미나의 지난 행보가 그러하듯 앞으로의 미나도 그러할 것이다.

디자인의 계승

적어도 100년 지속될 브랜드라 말하면 의문을 갖는 사람도 있을 것이다. '과연 내가 없어져도 정말로 계속될 것인가' 하고 말이다. 그래픽을 예로 들면 옷감의 무늬 디자인에 대해서는 내가 없어도 계속 이어지기 위한 토대가 준비되어 있다. 아니, 이미 시작되었다고 해도 과언이 아니다.

미나 페르호넨은 매 시즌 새로운 무늬를 10여 점씩 선보이고 있다. 25년 동안 꾸준히 만들어온 결과, 이제는 미나의 오리지널 무늬의 수가 너무 많다는 생각이 들 정도다. 앞서 말했듯이 마리메코는 50년 전에 발표한 무늬라 하더라도 고객에게 사랑받는 스테디셀러는 계속해서 적극적으로 사용한다. 그 무늬가 마리메코를 대표하는 아이콘이 되기도 한다. 미나의 경우 그 대표적인 것이 탬버린(tambourine)이라는 무늬다. 시로카네다이에 첫 직영점을 열었을 무렵에 만든 무늬로 벌써 20년이 지났다. 대표 무늬는 브랜드의 뼈대가 되고, 상징이 되어 계속 살아 숨쉰다. 게다가 그 무늬에는 아직 드러내지 않은 가능성이 잠재해 있다.

이건 어떤 의미인가. 이를테면 바다에서 파도가 치는 모습을 따서 디자인한 세이가이하(青海波)라는 고전 문양이 있다. 고대 페르시아에서 탄생한 문양이 실크로드를 거쳐 일본에 도착했다고는 하지만 지금도 여전히 일본 디자인을 상징하는 세련된 문양 중 하나다. 세이가이하에는 다양한 종류가 있고 사용 방법도 다채롭다. PC나 스마트폰의 Wi-Fi 마크에도 세이가이하의 영향이 있었을지도 모른다는 상상을 한다. 세이가이하처럼 사람의 눈과 몸에 익숙한 디자인은 어떻게든 다시 태어나 계속해서 사용될 것이다.

덴마크의 도자기 브랜드 로열코펜하겐의 블루 플루티드(blue fluted)라는 무늬 또한 마찬가지다. 꽃과 잎, 덩굴이 모티브가 된, 지금도 장인이 하나하나 손으로 그리는 남색 선화(線畫). 누구나 한눈에 로열코펜하겐이라는 것을 알 수 있는 문양이다. 그 기원은 중국이라고 알려져 있지만 그 바탕이 되는 무늬를 가져와 잘 다듬어 어느덧 로열코펜하겐의 아이콘이 되었다. 게다가 그들은 단지 복제해 재생산하는 것이 아니라, 무늬를 보여주는 방법을 시시각각 진화시키고 있다. 지금 인기를 얻고 있는 '블루 플루티드 메가'는 무늬를 과감히 확대해 좌우가 비대칭이 되도록 레이아웃을 변형해 고풍스러운 오리지널 무늬를 모던한 디자인으로 변화시키는 데 성공했다. 더구나 이 아이디어는 디자인 스쿨에서 공부하던 젊은 학생의 제안에서 시작되었다고 한다. 대대로 물려받은 블루 플루티드 식기를 사용하며 자란 여학생이 눈에 익숙한 무늬를 새롭게 디자인할 아이디어를 가지고 로열코펜하겐을 찾았다. 로열코펜하겐의 디자인팀은 그 제안을 받아들여 블루 플루티드 메가라는 제품으로 만들어낸 것이다. 고풍스러운 블루 플루티드가 가진 디자인으로서의 완성도에는 모던함을 더해 재탄생될 만큼의 힘이 있었던 것이다.

나와 다나카를 비롯한 미나의 디자이너는 시즌마다 새로운 무늬를 발표한다. 소품이나 신발 등의 디자인에서도 재능 있고 믿음직스러운 젊은 디자이너들을 양성하고 있다. 그리고 나 자신도 디자이너로서 아직 하고 싶은 일이 많다. 나는 현재 회사의 총수지만 지주회사 설립으로 경영을 후계자에게 넘겨줄 수 있게 되었다. 곧 경영 일선에서 물러난다 해도 회사의 디자이너로서 일에만 몰두할 수 있는 날이 올 것이다. 인생은 언제 무슨 일이 일어날지 모른다. 80세에도 현역으로 일하는 것이 당연한 시대가 오면 나의 디자이너로서의 여생도 아직 갈 길이 멀다고 말할 수 있을 것이다.

새로운 디자인을 키우고 클래식한 디자인은 다듬는다.

어느 쪽이나 적어도 100년은 계속될 브랜드에는 필수 불가결한 것이다. 그리고 또 하나, 미나 페르호넨에서 전승되어야 할 것이 있다.

그것은 바로 직조와 실, 옷감, 섬유의 퀄리티다. 물론 미나 페르호넨이라 하면 그래픽이다. 그것은 우리의 정체성이기도 하다. 하지만 중요한 것은 그것만이 아니다. 소재나 직조, 실, 섬유의 감촉이 우리의 생명선이다. 도쿄도 현대미술관의 '미나 페르호넨/미나가와 아키라 지속하다' 전시회를 개최하던 중 단 한 번 패션쇼를 열었다. 당시 모델이 입은 옷의 포인트를 크게 세 가지로 나누면 그래픽이 50%, 섬유 텍스처가 30%, 색감이 20% 비율이었다. 곧 옷의 절반은 무늬가 디자인의 포인트지만 색감을 강조한 옷에는 무늬가 없다. 보통 사람들은 미나라 하면 자연을 모티브로 한 무늬가 수놓인 옷을 가장 먼저 상상한다. 미나의 옷은 그래픽이 대부분을 차지한다고 생각하지만 실제로는 절반 정도에 불과한 것이다.

나는 이렇게 생각한다. 무늬가 있건 없건 어쨌든 결론은 소재, 직조, 원단의 퀄리티다. 그러한 퀄리티는 무엇이 보증하는가. 그것은 경험의 축적이다. 소재의 성질, 소재의 좋고 나쁨을 결정하는 요소, 염색이나 짜임과의 궁합, 입었을 때의 감촉을 결정하는 것 등 교과서에서 배우는 부분도 있지만, 대개는 공장에서 직공과 직접 일을 하면서 익힌 것들이 모든 것의 기반이 된다.

미나 페르호넨은 면과 울을 비롯한 다양한 소재를 다루며 각각의 소재를 다루는 데 뛰어난 실력을 가진 공장과 연계되어 있다. 또한 직조나 프린트 작업 과정에서 최고의 기술과 솜씨를 자랑하는 직공과 끊임없이 커뮤니케이션한다. 이런 작업 내용은 매뉴얼화할 수 없다. 다시 말해 현장에서 이루어지는 직공과의 협업 과정과 그 축적은 곧 우리 브랜드의 지적 재산이라고도 할 수 있다.

미나 페르호넨에서는 옷감마다 혹은 공장마다 제조를 관리하는 담당자가 있다. 물론 관리만이 일은 아니다. 현장에서 직접 직공과 이야기를 나누며 그 경험을 바탕으로 새로운 디자인과 옷을 생각하고 기획하는 일이 중요하다. 예를 들면 레이스 공장에서 새로운 무늬를 디자인할 때 우리의 요구대로 입체화하는 것은 어렵다는 이야기를 할 때가 있다. 그러면 바로 포기하지 않고 무늬를 다르게 해석하여 기계로 재현하는 것은 가능한지 물어보고 직공의 의견을 듣는다. 이것이 지금까지 내가 해온 방식이고 물론 지금도 그렇게 하고 있다. 그리고 그 현장에는 반드시 관리와 기획 담당자도 함께 나와 직공과의 대화를 지켜본다. 그렇게 소통하는 과정에서 담당자에게는 정보가 쌓여간다. 물론 직공과의 대화가 한 가지 유형만 있는 것은 아니다. 직공들도 다양한 기질이 있고 말투도 저마다 다르다. 일이 기쁨으로 이어지는 과정도 제각각이다.

커뮤니케이션 방식은 사람과 사람의 조합의 수만큼 다양하다. 경우에 따라서는 나와의 커뮤니케이션보다 젊은 담당자가 마음에 들어 "좋아. 한 번 더 해보자. 꼭 성공시켜 모두를 깜짝 놀래켜주자"고 담당자를 격려하는 직공도 틀림없이 있을 것이다. 이런 노력을 통해 직공과의 커뮤니케이션도 이전보다 훨씬 진전되었다. 25년의 시간이 흐른 지금 직공 역시 다음 세대로 그 자리를 물려주는 경우가 있다. 미나의 담당자와 거래처의 직공이 살아온 배경이나 정서 면에서 세대적으로 가까워지는 일이 점점 늘어나는 것이다.

우리의 지적 재산이라 할 수 있는 이러한 축적은 끊임없이 쌓여 이전과 비교할 수 없을 정도로 두터워졌다. 원단이 가진 가능성도 여전히 무궁무진하다. 아직 할 수 있는 일은 얼마든지 있다. 앞으로는 무늬가 아닌 원단의 소재만으로 미나 페르호넨의 상징이 될 옷이 탄생할지도 모른다. 내가 하는 일로서뿐만 아니라 젊은 스태프에게도 그 미지의 디자인에 다가가는 것은 중요한 일이다.

나의 존재 여부에 따라 좌지우지되는 브랜드는 더 이상 없다. 미나 페르호넨은 이미 그런 단계를 지나온 것이다.

옷과 사람의 몸

이렇게 옷을 만들어온 내가 외국 디자이너 가운데 특별한 존재라고 느낀 사람이 있다. 바로 크리스토발 발렌시아가다.

1895년 스페인 바스크 지방에서 태어난 그는 어머니가 재봉사였던 시절부터 일찍이 재단사로서의 견습을 시작했다. 마드리드에서 수련하고 개업을 하면서 실력을 길러 귀족의 옷을 짓고 스페인 왕실의 주문도 받게 되었다. 그러나 스페인 내전이 시작되자 1937년에 파리로 이주하고, 머지않아 오트쿠튀르 컬렉션을 발표한다.

파리에서 오트쿠튀르 컬렉션을 시작하기까지 그가 장인으로서 경력을 쌓은 기간은 30년에 이른다. 치수, 디자인, 재단, 봉제까지 모든 일을 혼자 해내며 그 기술을 갈고 닦았다. 정밀함을 놓치는 일이 없었고 기술은 나무랄 데가 없었다. 그 기술 위에 모양과 텍스처, 컬러를 예술적인 영역까지 끌어올린 독창적인 옷을 만들어낸 그는 '쿠튀르계의 건축가'라는 평을 듣게 된다. 그는 사람의 몸을 그리고 몸의 움직임을 어떻게 하면 아름답게 보일 수 있을까 항상 고민했다. 옷은 사람을 아름답게 감싸는 입체물이라고 생각했기 때문이다. 발렌시아가라는 브랜드는 지금도 남아 있지만 그가 디자이너로서의 활동에 종지부를 찍은 것은 1968년으로 반세기 이상 전의 일이다. 은퇴한 지 4년 후 그는 세상을 떠났다.

20대 시절 손에 넣은 두툼한 책에서 나는 발렌시아가의 옷을 보고 또 보았다. 나중에 파리에서 빈티지 스타일의 발렌시아가의 옷을 구경하기도 했다. 그가 디자인하는 옷은 어느 모로 보나 아름다웠다. 뒤에서, 혹은 옆에서, 움직일 때도, 앉았을 때도 모든 선과 면이 자연스레 이어져 입체물로서의 균형감이 살아 있었다.

반면 미나 옷은 지금도 그래픽이라는 이미지가 강하다. 그래픽은 앞으로도 중요한 요소임에는 틀림없다. 다만 요즘 들어 더욱 신경 쓰는 것은 옷의 전체적인 인상이 앞에서, 뒤에서, 혹은 옆에서, 조금 위에서, 약간 아래에서, 움직이고 있을 때, 앉아 있을 때, 각각 어떻게 보이는지 반복해서 확인하는 것이다. 평면의 그래픽도 중요하지만 입체물로서의 옷이 전체적으로 어떻게 보이는지 이 부분을 확인하는 데 한층 더 시간을 들이고 있다.

그리고 근래에 만든 바지도 미나의 옷에 새로운 시각을 열어주었다. 10여 년 전까지만 해도 바지는 거의 만들지 않았다. 그러나 바지를 디자인한 후 상하의에 모두 그래픽이 들어가면 미나 디자인이 지나치게 강조되는 것 같아 이전에는 없던 무늬가 없는 바지를 만들게 되었다. 무지는 그래픽이 없기 때문에 옷감 자체의 퀄리티와 텍스처, 색감이 한층 더 중요해진다. 무늬가 없는 새로운 소재의 개발도, 그래픽을 얹은 원단을 개발할 때처럼 공들여 진행했다. 무지는 모양새가 돋보인다. 디자인에서 시행착오를 겪는 사이 미나다운 모양이 만들어졌다. 처음 만든 바지와 지금의 바지는 전체적인 모양이 미묘하게 다르다. 시간을 들여 조금씩 보완하다 보니 모양이 변화해온 것이다. 이를 통해 형태에는 강한 개성을 드러내지 않으면서 그래픽으로 스타일을 만들어온 미나의 옷에 변화가 생기기 시작했다.

바지가 존재감을 드러내면서 생긴 또 하나의 변화는 치마의 길이다. 바지는 기본적으로 복숭아뼈에 닿을 정도의 길이다. 그 균형감을 보면서 지금까지 무릎보다 약간 아래로 내려오던 치마가 짧게 느껴졌다. 바지를 디자인하다 보니 치마의 길이가 조금 길어진 것이다. 무늬가 없는 바지를 만든 이후 형태 연구에 더욱 힘을 쏟고 있다. 그 결과 펼치면 사다리꼴 모양이 되는 원피스를 만들게 되었다. 팔을 넣는 양 소매의 구멍과 주머니의 구멍이 사다리꼴의 바깥쪽 동일 선상에 위치한 디자인이었다. 크리스토발 발렌시아가의 입체감이 살아 있는 건축적인 옷에 대한 관심은 예전부터 있었기 때문에 미나의 옷도 조금씩 구조적인 관점에서 만들어가고 있다. 그렇게 옷에 대한 개념이 내 안에서 성장하고 있다. 역시 옷을 만드는 일에는 종착점이 없다는 것을 절실히 느꼈다.

인간은 언제부터인가 옷을 입게 되었다. 옷이 없으면 밖으로 나가 활동하기 어렵다. 옷은 인간이 처음으로 머무는 가장 작은 공간이기도 하다. 바깥과 접촉하기 위해 안으로 들어가는 최소 단위의 공간, 그것이 바로 옷이다. 옷이라는 공간을 몸에 두르고 바깥 세계에 닿는 기쁨. 옷이라는 공간에 둘러싸여 있기 때문에 몸은 여유로워진다. 착용감이라는 표현도 있지만 옷을 하나의 공간이라고 생각하면 옷에 대한 새로운 생각, 창조적인 발상이 움틀 수 있지 않을까. 나는 지금 옷의 착용감과는 별도로 옷의 공간이란 어떤 것인지 생각하고 있다. 그것은 선으로 디자인할 때는 보이지 않던 무엇이기도 하다.

옷의 모양에 대한 탐구가 앞으로 미나의 가능성을 여는 가지로서 한층 더 뻗어나가게 될지도 모른다.

미나 페르호넨의 미래

앞으로의 미나는 큰 뿌리, 큰 줄기에서 가지가 뻗어나가듯 여러 가지 사업이 탄생하고 자라나 잎이 무성해진 모습일 거라고 상상한다. 가지와 잎이 자란다고 해도 그 뿌리와 유전자는 달라지지 않는다. 그것이 미나의 존재 의의이자 본연의 자세다. 유전자라는 말을 쓰긴 했지만 당연히 가족 경영은 할 계획이 없다. 미나의 창조적인 유전자를 가지면서도 또 다른 개성을 보여줄 젊은이가 다음 세대를 계승해갈 것이다.

내가 시도해본 적 없는 새로운 사업이 시작될 가능성도 있다. 삶에서 좋은 기억을 만드는 것이 미나의 유전자라면 호텔이나 숙소 사업에 손을 뻗을지도 모른다. 교토에서는 이미 건축가 나카무라 요시후미 씨와의 협업으로 탄생한 '교노온도코로(京の温所)'라는 숙박시설이 영업을 시작했다. 교노온도코로는 낡은 상가에 있는 집을 개조해 미나의

패브릭을 활용해 인테리어한 곳이다. 역사가 깊어 존재가치가 높은 귀중한 교마치야(京町家)■를 보존, 유지하기 위한 노력으로 원래는 의류 회사 와코루가 활용하고자 한 곳이다. 나는 이곳을 좀 더 일상적인 목적으로 사용해 오랫동안 유지되기를 바라는 마음으로 프로젝트를 시작했다. 낡아서 못 쓰게 된 것을 재사용해서 교마치야의 시간이 다시 흐르도록 하겠다는 취지에 공감했기 때문이다. 여행도, 숙박도 좋은 기억으로 남았을 때 비로소 완성되는 것이다.

하지만 의류가 아닌 분야에서 다양한 사람들과의 협업이 늘자 경영이 다각화되었다는 말이 들려왔다. 이에 나는 "아니요. 어찌 보면 옷을 만드는 것과 같은 일을 하는 것에 불과해요"라고 대답한다.

큰 줄기에서 갈라져 나와 수익을 낼 수 있는 신규사업을 늘려 머지않아 상사(商社)처럼 된다든가 리스크를 분산하기 위해 여러 사업에 손을 댄다든가 하는 의도는 전혀 없다. 미나가 만약 호텔을 짓는다면 인테리어도 해야 한다. 양복과 똑같은 패브릭으로 만든 쿠션과 의자, 혹은 좋은 기억을 만들기 위한 오리지널 가구를 만드는 등 숙박이라는 특별한 비일상 속에서 패션과 인테리어가 한데 어우러지게

■ 1950년 이전 교토 시내에 지어진 상가 등의 목조 건물을 이르는 말.

될 것이다.

음식도 패션처럼 재료를 가장 우선시하여 무농약 채소를 쓰면서 폐기하거나 버리는 것을 최소로 하는 운영을 원칙으로 할 것이다. 스파이럴의 '콜'은 카페와 파머스 마켓을 함께 운영하며 판매 후 남는 것은 바로 카페에서 사용할 수 있도록 했다. 이는 원단을 한 조각도 폐기하지 않고 소품을 만들어 판매하는 미나의 운영방침과 동일하다. 재료도, 노동력도 낭비하고 싶지 않다.

도쿄도 현대미술관에서 열린 '미나 페르호넨/미나가와 아키라 지속하다' 전시회는 미나 페르호넨의 25년 간의 회고전이면서 동시에 앞으로의 미나 페르호넨의 미래를 들여다본 전시회이기도 했다. 전시회에서는 미나 페르호넨의 에튀드, 에스키스 같은 숙박시설을 실제 크기로 재현하기도 했는데 이를 위한 설계를 나카무라 요시후미 씨에게 부탁했다.

이번 설계의 핵심은 피보나치 수열이었다. 소라같이 아름다운 나선 형태는 피보나치 수열에 기반한 형태다. 피보나치 수열이란 중세 이탈리아의 수학자 피보나치가 발견한 수열로 0, 1, 1, 2, 3, 5, 8…과 같이 앞의 두 수를 더한 수가 다음 수가 된다는 성질을 가진 수열이다. 소라의 나선에서 떠올린 가상의 호텔, 이것을 전시회장에서 선보여야겠다고 생각했다. 소라 껍데기처럼 같은 재질의 내벽과 외벽이 빙글빙글 돌다 보면 외벽이 어느새 내벽이 되고 내벽이 어느새 외벽이 된다. 기둥과 바닥, 벽을 다른 소재로 조합하는 방식이 아니라 모두 같은 재료로 만들 계획을 짰다.

벽에 일반적인 이미지란 없다. 서 있는 위치에 따라 눈에 들어오는 공간이 달라진다. 눈에 들어오는 공간이 그 사람이 지금 있는 공간이 된다는 생각이 들었다. 머릿속으로 그려보는 것만으로는 완벽할 수 없는 계획이기 때문에 모형을 만들어 의견을 주고받으며 설계를 그려나갔다. 그리고 'TOTO 갤러리 · 마(間)'에서 열린 '나카무라 요시후미'전에서 옥외에 전시한 멋진 오두막을 지은 목수들이 우리의 설계대로 미술관의 전시회장 내에 실물 크기로 지어주었다.

현실에서의 호텔은 흥미롭다는 이유만으로 지을 수는 없다. 숙박이 좋은 기억이 되려면 무엇보다 투숙객이 만족할 만한 접객 서비스가 필요하다. 아무리 훌륭한 공간이라도 그러한 마음가짐이 동반되지 않으면 아무 소용이 없다. 우리가 생각하는 접객의 기본 자세를 공감하고 공유하면서 호텔을 운영할 수 있는 파트너가 나타나면 그들과 손잡고 새로운 사업을 시작할지도 모른다. 마땅한 파트너가 나타나지 않으면 우리끼리 시작할 수도 있다.

다만 한 가지 분명한 것은 적절한 때를 기다려야 한다

는 점이다. 기회가 무르익지 않으면 한낱 꿈으로 끝날지도 모른다. 마음먹은 일이라도 '하겠다'는 마지막 결의가 굳어지지 않는 한 무리하게 시작할 필요는 없다. 이런 생각은 예나 지금이나 변함이 없다.

9

살아가다 일하다 만들다

'나'와 '미나가와 아키라'

미나 페르호넨에서 해온 일들과 미나의 현재 모습에 대해 이야기하고 싶었다. 혹시 브랜드를 성공시킨 한 사람의 단순한 자랑으로 들렸다면 그것은 내가 모자란 탓이다.

나는 불완전하고 부족한 사람이다. 옷을 만들어야만 가까스로 세상과 소통할 수 있는 인간일 뿐이다. 가끔 나는 나 자신도 모르는 마음속 어딘가에 뻥 뚫린 구멍을 메우기 위해 여기까지 달려왔는지도 모른다는 생각을 한다.

나는 부모님이 이혼하신 환경에서 자랐다. 나를 낳아준 어머니와의 일상적인 모자 관계는 세 살 때 끝이 났다. 그 경험, 굳이 따지면 부정적인 경험을 긍정적으로 변화시키며 살아왔는지 나 자신에게 물어본다면 솔직히 말해 그러지 못했다고 대답할 수밖에 없다.

신문 연재로 일러스트를 그리고 있다. 내가 그린 일러스트에는 엄마와 아들을 모티브로 한 그림이 자주 등장한다. 다른 사람의 입을 통해 듣기 전까지는 나 자신도 깨닫지 못했다. 일러스트를 그릴 때는 무늬의 밑그림을 그릴 때와는 의식의 흐름이 완전히 다르다. 무의식 속에 부유하고 있던 어떤 것이 그대로 흘러넘쳐 자연스럽게 손이 움직이는 것이다.

나의 인생과 내가 시작한 일. '이 두 흐름은 서로 겹치며 보완하는 관계인가'에 대해, 솔직히 상관없다고 단언하고 싶은 내가 있는 한편, 상관 있을지도 모른다며 고민하는 나도 있다. 다만 인생에는 예기치 못한 일이 생긴다. 많은 경험을 통해 이것만은 확신할 수 있다. 나 역시 일을 시작한 뒤, 일을 하면서도 예상치 못한 일을 겪었다.

사는 것도, 일하는 것도 실은 내가 통제할 수 있는 것은 거의 없을지도 모른다. 완전히 통제할 수 없는 현실에서 그저 계속해서 손을 놀리는 것. '만드는 것'은 이것으로부터 시작된다. 통제할 수 없는 큰 바다 위를 떠다니면서도 손과 발을 움직이는 것만큼은 멈추지 않는다. 숨도 쉬고 있다. 바다 밑에서 끊임없이 흐르는 해류가 나를 어딘가로 실어 나르는 것이 느껴진다. 갑자기 눈앞에 드러난 작은 섬에 기어오른다. 그곳에서 뭔가를 만들기 시작한다. 그 섬이 내게는 미나 페르호넨이었다. 그 섬도 해류를 타고 어딘가를 향해 다시 또 흐르고 있는지도 모른다. 최근 그런 생각이 더욱 강하게 든다.

끝으로 앞으로의 일을 적어두려고 한다. 다만 그것이 어떻게 실현될지 실현되지 않을지, 혹은 잘 될지 잘 되지 않을지는 알 수 없다. 하지만 100명이 넘는 동료들과 하는 일을 어떻게 될지 모른다고만 할 수는 없다. 일이란 불가사의한 것이다. 인생이 어떻게 될지는 단언할 수 없어도 일은 시작하겠다는 선언을 할 필요가 있다.

1인칭 단수의 나와, 세상에 알려진 3인칭의 미나가와 아키라. 이 책에서는 나의 시점에서 나의 일을 되돌아보았다. 그렇지만 일상 속에서 일을 하는 미나가와 아키라와 정확히 일치하지 않을지도 모른다. 스태프들이 놀랄 만한 부분이 있을 수도 있다. 미나가와 아키라의 입장에서 '나'에 대해 너무 쓸데없는 것까지 써버렸다고 생각할지도 모른다. 그렇지만 내 일에 대해 제대로 전하려면 나의 시선과 경험은 아무래도 빠뜨릴 수 없는 것이었다.

지금까지 등장한 여러 사람의 이야기 중 그렇지 않다고 느끼는 부분이 있다면 그것은 나의 역량이 부족하기 때문이다. 사과하고 싶다. 그러나 거짓말을 하거나 허세를 부리지는 않았다.

자, '나'의 쓸데없는 이야기는 이것으로 끝. 한 번 더, 미나가와 아키라로 돌아가 앞으로의 일을 적어두고자 한다.

내게 결여되어 있는 것

처음부터 미나라는 브랜드를 만들 수 있었던 것은 정말 겁이 없어서였을까.

의류회사에 근무한 적은 없다. 거래처와 끈이 닿아 있는 것도 아니고 지식도 부족하며 경영을 해본 경험도 없다. 나에게는 모자라고 부족한 것뿐이라는 건 자각하고 있었다. 무언가를 시작한다고 해도 모르는 것, 간과하고 있는 것 투성이였다. 그런 두려움이 항상 내 안에 도사리고 있었기 때문에 내가 생각하는 모든 것을 제대로 하지 않으면 목표로 하는 지점에는 절대 도달할 수 없다는 것은 알고 있었다. 무엇을 해도 두려운 일뿐이었다. 겁쟁이가 할 수 있는 일은 아무것도 없었다.

디자인에 대해서도 부족한 부분이 있다는 걸 알고 있었다. 예를 들면 옷의 실루엣, 형태를 만들어내는 힘이 바로 그것이었다. 문화복장학원을 다닐 때의 옷 디자인은 옷의 형태를 만드는 것을 의미한 것 같다. 당시 그렸던 디자인은 패션쇼의 쇼피스처럼 모양이 참신해야 하는 건 당연했고 그 참신한 옷들을 얼마나 많이 생각해내는지 경쟁하는 분위기도 있었다.

나는 단순하고 평범한 디자인밖에 생각나지 않았고 그러한 과장되지 않은 자연스러운 모양이 더 좋다고 생각했다. 그러나 당시의 디자인이라는 말에는 당연하지 않은 것을 창조해낸다는 의미가 더 강했다. 예나 지금이나 우리가 공을 들이는 섬유를 만드는 작업은 패션디자인을 배우는 과정에는 거의 포함되지 않았다. 본 적 없는 기발한 모양의 옷을 디자인하는 것이 신인에게 요구되는 가치라면 나에게는 그런 능력이 한참 부족했다. 그나마 도움이 된 건 공장이나 모피 전문점에서 작업을 도왔던 경험 정도였다. 다만 도와주는 것과 직접 브랜드를 시작하는 것에는 큰 차이가 있다. 내가 주체가 된 순간 보이지 않는 것, 모르는 것들이 차례로 앞을 막아선다.

내가 부족하다면 다시 원점에서 시작해 세세한 부분까지 실력을 쌓아가야겠다고 생각했다. 처음부터 다시 공부하면서 모든 일을 혼자서 완성할 수 있도록 한다. 거래처 역시 스스로의 힘으로 관계를 맺고 교류를 시작해 신뢰를 쌓아간다. 오래 걸리더라도 하나하나 확인해가며 앞으로 나아가는 것이 나에게도 가장 좋은 방법이라고 판단했다. 그 외의 방법은 생각나지 않았다.

누군가가 미리 닦아놓은 길을 빠르게 걷는 것과는 전혀 다른 느낌이었다. 울퉁불퉁한 모래사장을 한 걸음 한 걸음 발밑을 살피며 나아갈 수밖에 없다. 속도는 더디고 균형 잡기는 쉽지 않다. 신발과 모래 사이의 마찰도 크다. 넘어져도 나 혼자다. 하지만 서투르기 때문에 시간을 들여 지속해나갈 수 있다. 잘 못하는 일일수록 쉽게 그만둘 수 없다. 쉽게 그만둘 수 없다면 한 번씩 쉬어가며 계속하자고 생각했다. 바느질에 서툰 내가 옷을 수선하는 아르바이트를 했을 때 처음 든 생각은 이것이었다. 육상선수로 장거리를 뛸 때도 힘들 땐 비슷한 마음으로 버틴 것 같다.

패션 업계로 뛰어든 후의 나는 자신감이 없는 만큼 나 자신을 잊고 빠져들듯 돌진하지는 못했다. 아무런 신뢰도, 실적도 없는 이 브랜드의 앞날은 어떠한가. 홀로 걷고 있는 자신을 먼 상공에서 내려다보는 또 다른 내가 있었다. 불안을 느끼면서도 또 다른 나에게는 내 모습을 지켜볼 여유 또한 있었던 것이다.

브랜드를 시작한 초기에는 내가 만든 옷이 전혀 팔리지 않았다. 그렇지만 그저 팔기 위해 내가 만든 옷을 어떻게 바꾸면 좋을지 생각하지는 않았다. 이미 많은 사람에게 팔리는 옷을 만든다고 한들 그곳에는 이미 경쟁 상대가 있다. 지금 내가 만드는 옷에는 아마 경쟁 상대는 없을 것이다. 나는 아무도 없는, 끝이 보이지 않는 광활한 바닷속에 홀로 있었다. 그 깊은 바닷속에서 어떻게 팔을 움직이고 발을 뻗어 수면 위로 떠오를까. 그것은 오직 그 일에만 집중할 때 가능하다. 경쟁 상대가 많은 바다에 들어가 곁눈질로 상대의 움직임을 좇으면서 헤엄치다 보면 나의 자세가 흐트러질지도 모른다. 누군가의 자세를 닮아갈지도 모른다. 이보다는 시간을 갖고 시행착오를 거듭하면서 나만의 수영법을 발견해 익히는 것이 좋다. 오랫동안 헤엄치려는 나에게 딱 맞는 자세가 있을 것이다. 그 자세를 익힌 뒤 열심히 갈고 닦으면 된다.

내가 달린 기록은 남는다. 그 기록은 엄연한 사실이기에 변명할 여지가 없다. 그 기록들을 모두 받아들이고 다음을 기약한다. 경쟁자의 기록과 비교한들 의미는 없다. 내가 육상경기를 하면서 되풀이해온 것은 그런 일이었다. 육상에서 결과를 받아들이는 마음가짐이 패션 일을 시작하고 나서도 도움이 되었다. 스스로 만든 결과에 집중하고 다음을 준비하는 자세를 유지하는 나. 그런 자신을 자각했을 때 한층 더 그런 생각이 들었다.

광고 분야나 건축 분야에는 반드시 고객이 있고 그들에

게는 요구사항이 있다. 조건을 제시하기도 한다. 하지만 옷을 만들기 시작할 때 특정된 고객은 없다. 조건은 내가 정한다. 우선 이미지로 그려놓은 옷을 나만의 방법으로 만들어 완성한다. 이런 점 또한 육상경기와 비슷한 데가 있다. 이런 식으로 계속해서 나의 옷을 만들어왔다. 옷을 만드는데 망설이거나 최신 유행하는 패션은 어떤 것일지 불안함을 느낀 적은 없다. 오로지 내 앞의 길만 보고 걸어왔을 뿐이다.

'지속하다'전에서는 25년 동안 만들어온 옷을 연대순이 아니라 한 공간에 뒤섞어 전시했다. 그 전시를 본 여러 사람에게 25년이나 흘렀는데 어떤 옷도 낡았다는 느낌이 없고 트렌드나 유행과도 무관한 옷 같다는 평가를 받았다. 그런 평가는 유행에 좌우되지 않고 옷을 만들어온 나의 방향성이 25년 동안 변하지 않았기 때문이다.

부가가치라는 사고방식

일을 한다는 것에 대해 다시 생각해본다. 혼자서 미나를 시작하고 나서 한 명씩 동료가 늘어갔다. 25년 사이에 10명, 50명, 100명으로 사원도 늘었다. 단수로 시작한 브랜드가 복수로 확대되면서 일 하는 것의 의미도 함께 확대되었다.

함께 일을 한다는 말을 사용할 때는 아무래도 '같은 회사 안에서'라는 전제가 떠오른다. 그러나 지금 미나에게 함께 일한다는 의미에는 거래처도 포함된다. 미나에서 옷을 만드는 일은 우리의 힘만으로는 완성되지 않는다. 완성된 옷을 판매하여 얻는 이익은 미나의 사원들뿐만 아니라 공장에서 일하는 사람들의 생활 기반이 되기도 한다. 함께 일하는 파트너는 회사 밖에도 많이 있다.

미나의 옷은 정교한 디자인이 많다. 공장의 입장에서는 어려운 작업에 높은 퀄리티가 요구되는 일이다. 공장에 따라서는 좀 더 단순하고 쉽게 만들 수 있는 옷이면 좋겠다고 생각하는 경우도 있을 것이다. 지금은 우리의 주문에 응해줄 거래처들뿐이라 협상이 필요한 경우는 드물지만 만약 그들이 어려운 작업이라는 이유로 거절한다면 어떻게 해야 할까.

'어려운 작업'에 대한 나의 생각은 이렇다. 어려워 보이고 못할 것 같은 일일수록 도전해서 성공할 때 얻는 만족은 크다. 나에게는 그런 확신이 있다. 하지만 거래처에 이런 생각을 일방적으로 전달하면 단순히 근성을 강요하는 것으로 받아들일지도 모른다.

나는 실제로 거래처와 일을 하면서 이런 부탁을 한 적이 있다. "이 어려운 작업을 해내면 다른 공장이 할 수 없는 일을 여러분의 공장만이 할 수 있게 됩니다. 그렇게 되면 그것은 이 공장의 새로운 기술과 재산이 될 것이고 게다가 경쟁 상대도 없습니다. 우리 역시 발주를 계속할 것이고 그 기술을 알게 된 다른 회사가 주문을 할 수도 있습니다. 공장 일이 늘어나면 이윤도 분명히 오르게 될 겁니다." 듣기에 따라서는 감언이설로 비칠 수도 있다. 하지만 실제로 미나와 공장 사이에서 몇 번인가 이러한 논의를 한 끝에 새로운 기술로 만든 옷이 손님에게 인기를 얻은 적이 있다. 그 결과 공장에 넣는 주문량이 늘어 공장의 이익에도 기여하게 되었다. 단 한 번이라도 이렇게 함께 기쁨을 나누고 나면 다음부터는 설득할 필요가 없어진다. 이러한 관계를 맺어 서로 신뢰할 수 있다면 이것이야말로 '함께 일하는' 가치라고 나는 생각한다. 물론 '공장에서 중요한 것은 효율이다', '짧은 시간에 대량 생산을 하는 편이 이익이 높다'라고 주장할 수도 있다. 그 사고방식에도 논리는 있다. 하지만 절반은 틀렸다고 생각한다.

이윤이라는 것은 시간당 작업에서 어느 정도의 가치를 창출하느냐에 달려 있다. 예를 들어 시간당 1,000엔의 가치를 만들어내는 작업이 있다. 하지만 작업하기 까다롭고 번거로운 주문을 작업하면서 10시간 동안 15,000엔의 가치를 창출해낸다면 어떨까. 공장의 10시간당 이익은 시간당 1,000엔 보다 1. 5배가 높아진다. 효율이라는 말에는 마력이 있다. 왠지 어려운 작업은 효율이 나쁜 것이라고 생각하기 쉽지만 크리에이션의 가치가 높으면 단순한 작업보다 시간당 효율이 좋을 수도 있다.

문제는 생산량이 아니다. 시간당 이익이 어느 정도인지는 따져봐야 안다. 어려운 작업에 맞는 정당한 대가를 발주자가 지불하면 공장의 이익도 올라간다. 당연한 말이지만 정당한 대가 없는 무리한 요구는 해서는 안 된다. 까다로운 작업일수록 그 대가는 인상되어야 한다. 그러한 조율이 어려운 작업을 시작할 수 있는 기본이 된다. 만약 의뢰를 하는 회사가 자신의 우월적 지위를 남용하여 대가를 올리지 않고 어려운 작업을 강요한다면 이 거래는 성립되지 않는다. 좋은 제품도 만들어지지 않을 것이고 신뢰 관계도 쌓을 수 없다. 지출을 줄이는 것이 이익을 올리는 유일한 수단이라고 생각하는 회사에 좋은 파트너는 영원히 없다.

사람의 문제는 있을 수 있다. 어려운 작업을 어떤 방법으로 할지 함께 고민하거나 생산 라인을 조율하는 등 공장 안에서 전체적으로 관리하고 진행하려면 경험과 능력을 갖춘 인물이 꼭 필요하다. 기계를 사용하더라도 생산품의 퀄리티를 유지하는 것은 역시 사람의 머리와 눈, 그리고 손이다. 정년 퇴임을 앞둔 사람이 그런 중요한 역할을 맡고 있어 그 후를 걱정하게 되는 경우도 드물지 않다. 그런 경우에도 포기하지 않고 지금처럼 제품이나 작업의 퀄리티를 떨어트리지 않을 다른 방법은 없을지 함께 생각하면 된다.

회사도 함께 지혜를 모아야 한다. 한 번 거래를 시작했다고 언제까지나 같은 조건으로 거래할 수 있다는 보장은 없다. 그렇기 때문에 거래처와의 일상적인 커뮤니케이션이 중요하다. 서로에게 일어날 수 있는 작은 변화를 눈여겨보아야 한다. 그래야 오랫동안 함께 갈 파트너로서 서로 의지할 수 있다.

기계도 마찬가지다. 사용 빈도가 적은 기계는 공장에서 자리를 차지하는 애물단지에 지나지 않는다. 그러나 낡은 기계라도 그 기계가 아니면 만들어낼 수 없는 작업이나 디테일도 있다. 미나의 원단을 만들기 위해 꼭 필요한 기계라면 그 기계를 일정 비율로 사용할 수 있도록 발주해야 한다. 작업이 많은 공장에 억지를 부릴 수는 없다. 그 기계를 사용해야 하는 발주로 확실히 이익을 낸다면 그동안은 낡은 기계라도 살릴 수 있다. 사람도 기계도 영원히 동일한 상태로 일할 수는 없다. 함께 일할 상대가 지금 어떤 상태인지도 중요한 정보다. 이런 정보를 공유하면서 신뢰를 쌓아가면 물건을 만드는 기쁨으로 돌아온다.

함께 일한다는 것은 이처럼 다양한 교류가 포함된 의미라는 것을 나는 지금까지 경험을 통해 배워왔다. 함께 일하기 위해서는 모든 감각을 이용한 커뮤니케이션이 꼭 필요하다. 그리고 발주와 수주 사이를 잇는 상호간의 교류도 무엇보다 중요하다.

몸과 정신

나에게 일하는 것과 만드는 것의 근간은 정신에 있다. 내가 세상에 제공하는 살아 있는 것의 가치는 몸이 아니라 정신에서 비롯되는 것이다.

여기 오디오가 있다고 가정하자. 오디오에서는 음악이 흐른다. 오디오 유닛에는 CD가 들어 있는 상태. 하지만 CD가 없으면 음악을 틀 수 없다. 단지 네모난 상자일 뿐이다. CD를 오디오 유닛에 넣으면 음악은 그 오디오에서 흘러나오기 시작한다.

나에게 오디오는 몸이고 내가 창조하는 것은 음악이며 유닛은 음악을 연주하는 도구다. 어디로든 가지고 다닐 수 있는 CD는 50년, 100년이 지나도 들을 수 있고 오디오 유닛에 넣으면 언제든지 음악이 흘러나온다. 오디오 유닛이 망가져버리면 상자의 역할은 끝이 난다. 중요한 것은 매체에 음악을 기록하는 일이고 유닛에서 흘러나오는 음악 그 자체다. 그것을 만들어내는 주체는 디자이너로서의 나의 정신이라고 생각한다.

디자인을 함으로써 나의 시간을 창조로 채우는 것이 내가 살아 있는 시간이다. 맛있는 것을 먹거나 연애하는 것을 부정하는 것은 아니지만 살아 있으면 언젠가 일어날 일쯤으로 느끼게 되었다. 편협한 사고방식일지도 모르겠다. 그렇게 생각하게 된 이유는 나에게 주어진 시간이 점점 줄어들기 때문인지도 모른다. 사람이 언제 어떤 이유로 죽을지는 알 수 없지만 평균 수명을 산다고 가정하면 스무 살 때보다 지금 시간이 얼마 남지 않은 것은 당연한 일이다. 오디오 유닛이 망가지기 전에 음악을 틀어두고 기록해두고 싶다는 느낌이랄까.

초조함이 아니다. '앞으로 어디까지 갈 수 있을까?'라는 강한 호기심이다. 디자인은 나보다 더 긴 생명력을 가진다. 그리고 디자인은 나의 정신 활동으로 태어난다. 디자인이라는 작업을 통해 눈에 보이지 않는 것을 나의 육신보다 더 오랜 시간 살아가도록 물질화할 수 있다. 나의 정신에서 태어난 것들은 내게서 멀어져 자신만의 시간을 보내고도 아마 나보다 훨씬 더 긴 시간을 살 것이다.

유대인 강제수용소로 보내져 수많은 동포가 목숨을 잃어가는 그 시간과 광경과 사유의 기억을 담은 빅터 프랭클의 《죽음의 수용소에서》는 나에게 특별한 책이다. 신체의 자유를 빼앗기고 살아 돌아올 수 있다는 희망조차 없는 공간에서도 프랭클이 가진 정신의 자유는 훼손되지 않았기에 그 책이 탄생할 수 있었다고 생각한다. 자유도, 가능성도 없는 공간. 그러나 그의 정신에는 자유가 살아 있었고 가능성도 있었다. 나도 한정된 시간 속에서 정신의 자유를 낭비하지 않고 무언가를 만드는 데 쓰고 싶다. 나에게 산다는 것은 정신의 자유와 그로 인한 자유로운 활동과 같다.

어느 회사에 취직해서 영업 일을 하는 사람 또한 다르지 않다. 모두가 깜짝 놀랄 만한 영업 방법을 고안해내는 것도 정신 활동이다. 어떤 직종에도 정신의 자유와 활동은 있게 마련이다.

애플 컴퓨터를 창업한 스티브 잡스도 아무것도 없는 상태에서 시작해 PC를 만들어 세상에 내놓고 휴대전화와 PC를 융합한 아이폰을 발상하고 디자인했다. 그것 역시 그의 정신 활동이 없었다면 탄생하지 못했다. 잡스는 병으로 일찍 세상을 떠났지만 그가 만들어낸 것은 지금도 온 세상에 넘치고 있다. 지금까지 세상에는 없었고 누구도 생각하지 않았던 것이다. 이처럼 잡스의 사고방식과 그 정신은 그의 인생보다 더 오래 지속되면서 앞으로도 발전과 성장을 멈추지 않을 것이다.

어떤 제품이나 그 스타일, 그것을 지탱하는 사고방식이 긴 생명을 유지하기 위해서는 잡스가 만든 것이 그러하듯 퀄리티가 필요하다. 퀄리티가 있으면 그것을 누군가가 계승해 한층 더 성장시킬 수 있다. 계승할 만한 퀄리티는 단명한 것에는 주어지지 않는다. 퀄리티를 제대로 갖춘 것만이 긴 생명력을 얻는다. 그러기 위해서는 항상 높은 퀄리티를 추구하고 끊임없이 연마할 것. 그리고 그때 얻은 경험을 쌓아 올려 검증하고 심층화하는 과정이 필요하다.

물건에 힘이 없거나 품질이 떨어지면 버리거나 헐값에 팔아 치우는 것으로 끝이 난다. 수명이 짧더라도 일단 팔리면 그만이라는 생각으로는 퀄리티도 생명도 얻지 못하고 사라질 뿐이다. 한순간에 인기를 얻어 누구나 가지고 있는 제품이 등장하기도 한다. 그러나 그 인기는 단숨에 식어 다음 해에는 '그런 게 있었지'라는 과거형으로만 언급되다가 5년, 10년이 흐른 후엔 까맣게 잊힌다. 수명이 짧은 것을 만드는 사람은 지속되는 것에 무관심하다. 그걸로 됐다고 생각하곤 똑같은 일을 반복할 뿐이다. 만약 자신이 하는 일에 허탈함을 느낀다면 만드는 것에 대한 마음가짐은 저절로 달라질 것이다.

그리고 무언가를 만드는 훌륭함은 아름다움이나 품질에만 국한되지 않는다. 새롭게 만들어진 것은 지금까지와는 다른 삶을 만들거나 새로운 가치를 창조하기도 한다. 궁극의 창조는 삶의 방식을 바꾼다. 그만한 힘을 가지고 있다고 생각한다.

어떻게 살아갈까

'일하는 것과 살면서 즐기는 것은 별개다'라고 생각하는 사람도 있을 것이다. 삶의 행복을 얻기 위해 일하는 동안은 생각을 내려놓고 우선 돈만 벌 수 있으면 된다는 태도. 회사나 근무시간에서 해방되어 집으로 돌아가 자신이 좋아하는 취미에 몰두하는 것이 즐거운 인생을 사는 것이라는 사고방식. 그런 사고방식으로 일하는 사람이 직장에서 사람들과 원만한 관계를 맺고 있다면 그렇게 일하는 방법을 부정할 생각은 없다. 또는 이렇게 일하는 사람도 있을 것이다. 투자를 해서 단시간에 막대한 이익을 얻어 그 돈으로 자선사업을 해서 사회에 환원하는 것.

그건 그 나름대로 멋있는 일이라고 생각하지만, 나는 일과 삶을 분리하는 길을 선택하지 않았고 앞으로도 그럴 것이다. 참치를 손질하는 아르바이트를 할 때 나는 많은 것을 배웠고 어시장의 스승님과 나눈 커뮤니케이션이 지금도 내 안에서 계속 살아 숨쉬고 있다. 미나의 일에도 스승님께 배운 것들이 살아 있다. 그것은 그에게 생활과 일을 구분하지 않는 멋진 삶의 태도가 있었고 젊은 나에게 전하려고 한 메시지가 생생하게 살아 있었기 때문이다.

스승님과 함께 일하던 때를 떠올리면 그는 마치 스위치를 켜고 끄듯 일과 삶을 나누어 온앤오프(ON and OFF)로 전환하는 법이 없었다. 그렇게 알찬 삶을 사는 스승님을 보면서 나는 피부로 느낀 것 같다. 스승님은 항상 온(ON)이었다.

젊었을 때 방황하는 것은 당연한 일이라고 생각한다. 어떤 신념을 가지고 어떠한 퀄리티를 갖춘 일을 해야 할까. 눈앞에는 안개가 자욱히 깔려 한 발자국도 내디딜 수 없다. 나 자신이 어떤 때에 온(ON)이 되어 있는지를 모르겠다. 그렇게 생각하는 사람도 적지 않을 것이다. 스위치가 '온'으로 켜졌는지 아닌지도 모른 채 정신없이 일하고 집에 돌아와서야 스위치가 꺼져 오프(OFF) 상태라고 느끼는 사람 또한 있을 것이다. 그럴 때는 어떻게 해야 할까.

안개가 걷혔다는 것을 느낄 때까지 누군가의 일을 힘껏 도와주면 된다. 대기업이든 중소기업이든 인연이 닿아 취업한 회사에서 우선 열심히 일한다. 그곳에서 발견하는 것, 새롭게 생기는 것이 반드시 있을 것이다. 우연히 상사가 된 사람과 그 부서를 위해 도움이 되는 일이 무엇인지 생각해 그 일을 끈기 있게 돕다 보면 일하는 것의 의미나 일과 사회의 관계성도 보일 것이다. 단, 열심히라는 것은 눈을 감고 무비판적으로 하라는 의미는 아니다. 비판할 점이 생기는 것은 당연한 일이다. 우선은 가만히 지켜보되 비판적으로 보이는 것을 일에 대한 부정적인 인식으로 전이시켜서는 안 될 것이다. 이러한 경험마저도 이후의 삶의 방식과 일하는 방법을 깨닫는 자양분이 되기 때문이다. 눈과 귀와 입을 열어두되 '있는 힘껏' 지속하는 것, 이것이 제일 중요하다.

나의 아버지도 정년까지 한 기업에 근무했다. 가족을 부양하기 위해 40년을 일했다. 아버지와 갈등도 있었지만 나도 아버지처럼 오랫동안 같은 일을 하다 보니 아버지가 월급쟁이로 계속 일해오신 것에 존경심을 갖게 되었다.

나도 독립할 때까지는 누군가의 일을 돕는 것에 온 힘을 쏟았다. 돌이켜 생각해보면 그때 '온'과 '오프'의 구별은 없었다. '내가 주체적으로 즐거움을 느끼는 일을 하고 있을 때가 오프의 시간이다'라는 사고방식 자체가 없었다. 온 힘을 쏟는다는 건 그런 것이다. 그렇게 도와주면서 훗날 내 브랜드에 활용 가능한 경험을 얻게 되었다. 단순히 돈을 버는 것으로만 구분했다면 그러한 경험은 얻지 못했을 것이다.

이러는 동안에도 시간은 흘러간다. 시간은 누구에게나

공평하게 흐른다. 나도 노안이 시작되었다. 잠드는 시간도 예전보다 빨라졌다. 활동성이 조금씩 떨어지면서 나의 에너지 총량도 조금씩 줄어드는 건 아닐까 생각한다. 그런 변화를 두려워하지는 않는다. 오히려 무관심한 쪽이랄까. '오프'의 시간에 운동을 하고 체력을 키워 언제까지나 젊은 몸을 유지하고 싶다는 생각은 한 적이 없다. 병에 걸릴 수도 있다. 그 가능성을 부정할 수 없다. 그러나 그런 보람 없는 상황에 대해 이러쿵저러쿵 이야기해봐야 의미가 없다. 그런 불안을 쥐고 있느니 무언가를 깊이 있게 만들 수 있는 그 시간을 소중히 하는 것이 정신과 신체 건강에 좋지 않을까. 노안이 오면 안경이나 돋보기 없이는 가는 선을 그리기 어려워진다. 그렇다면 굵은 필기도구를 사용해 전에 없던 또 다른 매력적인 선을 그릴 수 있도록 연습하면 된다.

프랑스 화가 마티스도 말년에는 붓을 사용하지 않고 종이를 잘라서 그림을 그리게 되었지만 그것도 어쩌면, 노안이나 손가락이 생각대로 움직이지 않게 되어 발견한 새로운 기법인지도 모른다. 무엇인가가 쇠약해지거나 더 이상 사용할 수 없게 되었을 때 포기하거나 한탄하는 것이 아니라 새로운 가능성을 찾는 것. 그로부터 정신이 다시 깨어난다. 나이를 의식할 일이 점점 늘어나지만 그렇다고 정리할 시간이 가까워졌다고는 전혀 생각하지 않는다. 아직은 종착점을 맞이할 계획도 없다.

앞으로의 10년은 지난 10년보다 그 밀도가 더욱 높아질 것이다. 20년 후엔 미나의 이념이 더욱 짙어지도록 새롭고 소중한 일을 시작할 것이다. 그것이 나에게는 물론, 사회적으로도 가치가 있는 것이면 좋겠다. 그렇게 믿으며 나는 앞으로도 정신의 활동을 멈추지 않고 계속해서 손을 움직여 나갈 것이다.

일을 하면 할수록 머릿속에서는 쉽게 해결될 것 같지 않은 일, 해보고 싶은 일, 필요한 일들이 넘쳐 흐른다. 곁에서 보면 카오스의 소용돌이 속에 서 있는 것처럼 보일지도 모른다. 그리고 그렇게 소용돌이치는 것들은 지금 우리의 힘만으로는 도달할 수 없는 것들뿐이다. 그러나 그런 새로운 발견이 계속될수록 지금 우리가 하는 일의 의미 또한 커진다고 생각한다. 해도 해도 끝나지 않는 것이 주는 기쁨이 있을 것이다.

'적어도 100년'을 뛰어넘기를 기대하면서.

파문(波紋)처럼

나에게 남은 시간이 얼마나 있을지, 어디까지 동료와 함께 갈 수 있을지는 모른다. 그러나 이미 나는 다음 세대와 '좋은 기억'을 공유하면서 그것을 넘겨주기 시작했다. 그래야 '적어도 100년 계속될' 브랜드로 성장할 수 있다.

확실한 토대가 될 만한 생각이 있다면 계획을 구체화하는 것은 이제 내가 아니어도 좋다. 물론 내가 건강하고 머리가 잘 돌아가고 몸을 움직일 수 있다면 나도 함께 일할 것이다. 혹여 내게 시간이 부족하더라도 동료가 이어받아 계속 이어나갈 것이다. 나는 미나의 동료에게 전폭적인 신뢰를 보내고 있다. 그들이라면 반드시 실현해줄 것이다.

스페인 바르셀로나의 사그라다 파밀리아 성당도 가우디가 죽은 뒤에 끝없이 건축공사가 계속되고 있다. 영원히 완성되지 않을 것만 같은 건축물의 아름다움은 특별하다. 가우디조차 상상하지 못한 아름다움일 수 있다. 나는 그렇게 생각한다.

물 속에 돌을 던지면 파문이 퍼진다. 그 돌이 단단하고 큰 것이라면 톡 떨어뜨리기만 해도 파문은 멀리 강기슭까지 닿는다. 확실한 신념을 지닌 큰 돌을 자신이 서 있는 강가에서 제대로 던지는 것이 중요하다. 그렇게 오래 이어질 깨끗한 파문을 만들고 싶다.

호수 밑바닥으로 가라앉은 큰 돌은 수면에 번지는 역광 속 파문을 그저 잠자코 바라보고만 있을까. 파문을 일으킨 것이 돌, 자신이라는 것을 까맣게 잊었을까.

사물은 좋은 기억을 만들기 위한 계기다. 그러니까 대상 그 자체에는 너무 얽매이지 않는 것이 좋다. 무엇을 할지 생각할 땐 분야나 사업의 종류에 구애되지 않고 어떤 '좋은 기억'을 만들고 싶은지 그것만 신중하게 생각하면 된다. 해야 할 일이 무엇이든 좋은 기억이 된다는 것만 잊지 않는다면 자연스럽게 해야 할 일이 보인다. 그것이 기쁨일 때는 사물에서 빛이 사라지는 일은 없다.

• 이 책은 2017년 9월부터 2020년 2월까지 10회, 총 17시간에 걸쳐 진행된 미나가와 아키라의 인터뷰 내용을 바탕으로 마쓰이에 마사시가 구성, 집필했다.

미나가와 아키라 / 미나 페르호넨 연표

1967년 도쿄(東京) 출생. 유소년기에는 찰흙으로 동물이나 구슬 만들기에 열중했다.

1977년 도쿄(東京)도 오타(太田)구에서 가나가와(神奈川)현 요코하마(横浜)시 고호쿠(港北)구로 이사했다.

1985년 혼자 유럽으로 여행을 떠났다.

1986년 문화복장학원 야간반에 입학, 낮에는 봉제공장에서 재단일을 했다. 재학 중에도 혼자 유럽 여행을 했다.

1991년 1994년까지 3년간 양복점에서 근무했다.

• 연보 작성 : 미나 페르호넨 나가에 아오이.

1994년 독립 후 브랜드 설립을 준비했다. 1997년까지 2년 반 동안 어시장에서 근무했다. 새벽 4시부터 점심시간까지 어시장에서 일하고, 오후에는 옷을 만드는 생활을 했다.

1995년 미나(minä) 설립. 도쿄 하치오지(八王子)에 첫 작업실을 열었다.
'적어도 100년은 이어갈 브랜드'라는 뜻을 품고 브랜드를 설립했다.

1998년 작업실를 아사가야(阿佐ヶ谷)로 이전했다.

1999년 옆이 기린 모양인 의자 '지라프 체어(giraffe chair)'를 발표했다. 디자인한 최초의 의자다.

2000년 불규칙적인 입자가 원을 그리며 연속해나가는 자수 문양인 '탬버린(tambourine)'을 발표했으며, 이후 미나 페르호넨을 상징하는 무늬가 되었다.
도쿄 시로카네다이(白金台)로 작업실 이전, 작업실 겸용 매장을 오픈했다.

2002년 과거의 섬유를 복각, 색과 소재를 변화시킴으로써 오래도록 이용할 방법을 모색하고자 했다.
개인전 '분자-Exhibition of minä's works' 개최.(스파이럴 가든, 도쿄)

2003년 브랜드 이름을 '미나 페르호넨(minä perhonen)'으로 바꿨다.
페르호넨은 핀란드어로 '나비'를 뜻한다.
나비가 춤추는 듯이 가볍게 세계의 곳곳에서 옷을 만들어 가고 싶다는 염원을 담았다.

2004년 파리 패션위크에 처음 참가했다.
댄스공연 '원더걸(wonder girl)'의 의상을 담당하고 공간구성과 연출에도 참여했다.(스파이럴 홀, 도쿄)
2005년 봄·여름 컬렉션부터 키즈 라인을 시작했다.

2005년 파리 패션위크에서 쇼 형식으로 첫 컬렉션을 발표했다.

2006년 덴마크 섬유회사 '크바드라트(Kvadrat)'에 디자인 제공을 시작했다.
댄스공연 '무아레(moiré)'의 의상과 비주얼 콘셉트를 담당했다.(스파이럴 홀, 도쿄)
마이니치신문사가 주최한 마이니치 패션대상을 수상했다.

2007년 교토(京都)에 매장을 오픈했다.
파리 패션위크에서 2008년 봄·여름 컬렉션을 발표했다.
이번 시즌을 끝으로 파리에서의 쇼 형식의 발표를 그만두었다.

2009년 영국 섬유회사 '리버티(LIBERTY)'의 2010년 가을·겨울 컬렉션에 디자인을 제공했다.

교토에 아카이브 라인을 취급하는 매장인 '미나 페르호넨 알키스토트(minä perhonen arkistot)'를 오픈했다.
아카이브의 디자인 역시 고객과의 만남을 기다리며 일회성 디자인이 되지 않기를 바라는 마음에서 시작했다.
개인전 '미나 페르호넨-패션&디자인' 개최.(섬유 뮤지엄 틸부르크, 네덜란드)

2010년 남은 천을 사용하여 낭비를 없애고 새로운 가치를 탄생시키는 프로젝트 '미나 페르호넨 피스(minä perhonen piece,)'를 시작, 교토와 도쿄에 매장을 오픈했다.
도쿄에도 매장 '알키스토트(arkistot)'를 오픈했다.
개인전 '진행중' 개최.(스파이럴 가든, 도쿄)

2012년 파리에서 시작된 프레이그런스 메종 '딥티크(diptyque)'에서 미나 페르호넨과의 협업으로 미나가와 아키라의 시(詩)에서 이미지화한 세 가지 새로운 향의 향수를 선보였다.

2013년 교토에 뉴트럴 컬러 중심의 상점 '미나 페르호넨 갤러리아(minä perhonen galleria)'를 오픈했다. 갤러리아는 핀란드어로 '갤러리'를 뜻하며 기획전도 개최했다.
마츠모토(松本)에 매장을 오픈했다.
스웨덴 섬유회사 '클리판(KLIPPAN)'에 디자인 제공을 시작했다.

2014년 미나가와 아키라가 감수한 주식회사 무인양품의 새로운 프로젝트 '풀(POOL)'을 시작했다.
B급 상품이나 남은 목재를 이용하여 낭비 없는 물건 만들기의 부흥을 촉진하는 프로젝트를 시작했다.

2015년 가나가와(神奈川)현 후지사와(藤沢)시에 있는 쇼난 티사이트(湘南 T-SITE)에 상점 '미나 페르호넨 코티(minä perhonen koti)'를 오픈. 코티는 핀란드어로 '집'을 의미한다.
개인전 '1∞ 미나카케루' 개최.(스파이럴 가든, 도쿄)
개인전 '1∞ 미나카케루-미나 페르호넨의 지금까지와 지금부터' 개최.(나가사키(長崎) 현립미술관, 나가사키)
극단 'MUM&GYPSY'의 무대 〈책을 버려라, 거리로 나가자〉(원작 : 데라야마 슈지, 연출 : 후지타 다카히로)의 의상을 담당했다.(도쿄예술극장, 도쿄 외)
이탈리아 도자기 브랜드 '리처드 지노리(Richard Ginori)'에서 미나가와 아키라가 디자인한 테이블웨어 시리즈 'Bee White'를 발표했다.

2016년 본점을 시로카네다이(白金台)에서 다이칸야마(代官山)로 이전했다.
아카이브 상품을 여러 매장에서 취급하게 되어 매장 '알키스토트(arkistot)'를 폐점했다.
카페와 식품 마켓을 함께 운영하며 빈티지나 수공예 제품도 판매를 시작했다.
'콜(call)'을 도쿄 아오야마(青山) 스파이럴에 오픈했다.
'콜'이라는 이름은 '불러 모으다'는 의미의 콜(call)과 '창조의 모든 것(Creation all)'의 약어, 두 가지 의미에서 탄생했다. '콜'의 직원 채용 연령은 100세까지다.
2015 마이니치 디자인상을 수상했다.(마이니치신문사 주최)
2015년도(제66회) 예술 선장 문부과학대신 신인상을 수상했다.(일본문화청 주최)
아사히신문 일요판의 연재물 〈일요일에 생각하다〉의 삽화를 담당했다. (2022년 1월 기준 연재중)
니혼게이자이신문의 연재 소설 〈숲으로 갑시다〉(가와카미 히로미)의 삽화를 담당했다.(2017년 2월 18일 마지막회)

2017년 가나자와(金沢)에 매장을 오픈했다.
도쿄 다이칸야마에 섬유를 중심으로 인테리어를 한 매장 '미나 페르호넨 마테리어리(minä perhonen materiaali)'를 오픈했다. 마테리어리는 핀란드어로 '소재'를 의미한다.

2018년 세토우치(瀬戸内)의 섬, 도요시마(豊島)의 독채형 숙박시설 '우미토타'의 디렉션을 담당했다.(설계 : 심플리시티 오가타 신이치로, 운영 : 주식회사 일그라노)
교마치야(京町家)의 특성을 살린 숙박시설 '교노온도코로(京の温所) 가만자니조(釜座二条)'의 감수를 담당했다.(설계 : 나카무라 요시후미, 운영 : 주식회사 와코루)
극단 'MUM&GYPSY'의 무대 〈책을 버려라, 거리로 나가자〉(원작 : 데라야마 슈지, 연출 : 후지타 다카히로)의 의상을 담당했다.(도쿄예술극장, 도쿄 외)

2019년 도쿄 바쿠로초(馬喰町)에서 삶과 생활을 위한 매장 '미나 페르호넨 에라바(minä perhonen elävä)'를 오픈했다. 빈티지 의자를 미나 페르호넨의 패브릭으로 교체하는 서비스를 시작했다. 에라바는 핀란드어로 '삶'을 의미한다.

교토에도 매장 '마테리어리'를 오픈했다

교마치야의 특성을 살린 숙박시설 '교노온도코로 니시진 빌라(西陣別邸)'의 감수를 담당했다.(설계 : 나카무라 요시후미, 운영 : 주식회사 와코루)

개인전 '미나 페르호넨/미나가와 아키라 지속하다' 개최. (도쿄도 현대미술관, 도쿄)

2020년 도쿄 다이칸야마에서 뉴트럴을 테마로 한 매장 '미나 페르호넨 네우트라리(minä perhonen neutraali)'를 오픈했다. 네우트라리는 핀란드어로 '뉴트럴'을 의미한다.

개인전 '미나 페르호넨/미나가와 아키라 지속하다' 개최. (효고(兵庫) 현립미술관, 효고)

옮긴이 김지영

2007년 동국대학교 교육학과에 입학했으나, 대학 내 방송국에서 다양한 프로그램을 제작하고 그 후 방송국 현장에서 조연출로 근무하면서 만드는 것이 일하는 즐거움으로 이어지는 경험을 한다. 2015년 릿쿄대학에 입학해 일본문학을 전공하면서 책이라는 아날로그적 플랫폼의 사회적·시대적 역할에 대한 깊은 흥미를 느낀다.
2019년 한국서적전문 북카페 '책거리'에서 한국과 일본을 잇는 서적 관련 영상 콘텐츠를 제작하고 있다. 만드는 일이 삶의 충족으로 연결되는 일을 하던 중 미나가와 아키라의《살아가다 일하다 만들다》에 큰 울림을 느끼며 기쁜 마음으로 번역했다.

살아가다 일하다 만들다

1판 1쇄 발행 2022년 1월 20일
1판 3쇄 발행 2024년 9월 20일

지은이	미나가와 아키라
옮긴이	김지영
펴낸이	박선영
편집	이효선
영업관리	박혜진
마케팅	김서연
디자인	강경신
발행처	퍼블리온
출판등록	2020년 2월 26일 제2022-000096호
주소	서울시 금천구 가산디지털2로 101 한라원앤원타워 B동 1610호
전화	02-3144-1191
팩스	02-2101-2054
전자우편	publion2030@gmail.com

ISBN 979-11-91587-11-1 03830

• 책값은 뒤표지에 있습니다.

jellybeans 2002 s/s Photo by Mie Morimoto

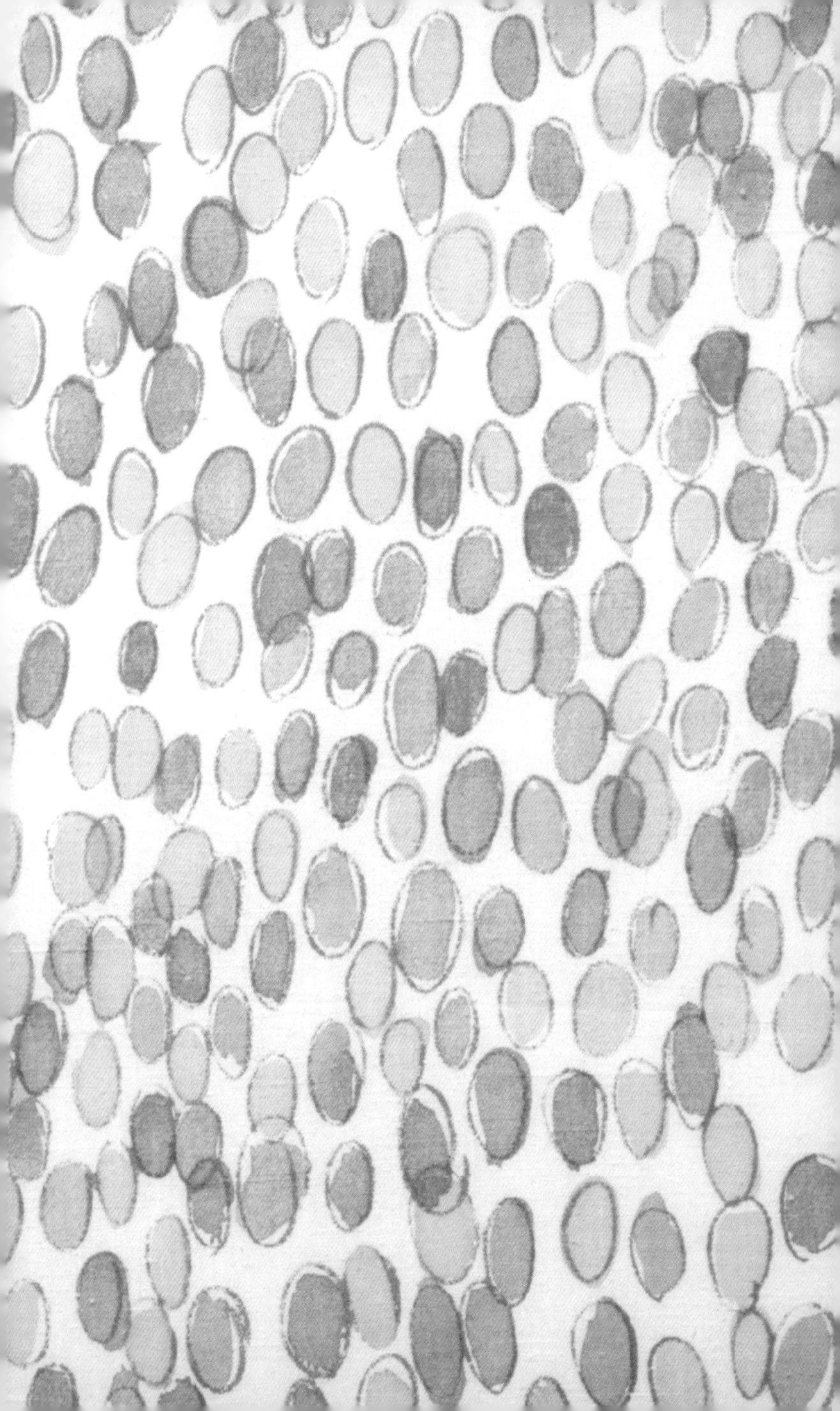

mori no hoshi 2021-2022 a/w Photo by sono

after rain 2021 s/s Photo by sono